El éxtasis llega contigo
y otros relatos pecaminosos

Ganadores del

Cuarto Concurso Internacional de

Relatos Pecaminosos Contacto Latino 2016

El éxtasis llega contigo y otros relatos pecaminosos
Todos los Derechos de Edición Reservados
©2016, Pukiyari Editores
©2016, de sus respectivos relatos:
Noa Xireau, Emma Sheridan, Juan Carlos Esquivel, Martha Valiente, Diego Niño, Karen Cano, Marta D´Argüello, José Luis Chaparro González, Deborah Luzige, Alfredo Ruiz Islas, Raúl Clavero, Sergio Gaut vel Hartman, Francisco Juan Barata Bausach, Gastón Irigaray, Mariam Diéguez Sánchez, Manuel Alexander Roblejo Proenza, Estéfano Luján Romero, Rocío Uchofen, José Luis Marrero, Ashle Ozuljevic Su y Santiago de la V.
Imagen de portada © 2016, Shutterstock

ISBN-10: 1-63065-062-5
ISBN-13: 978-1-63065-062-9

PUKIYARI EDITORES
www.pukiyari.com

«Guarda silencio cuando no tengas nada que decir,
pero cuando la pasión genuina te mueva,
di lo que tengas que decir, y dilo caliente».
—D.H. Lawrence

Índice

Santiago De la V

EE.UU./Perú

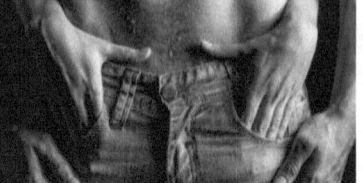

Nacido en los brazos del dinero y el poder, en los años de las drogas y el placer. Demostró interés en el sexo opuesto temprano en la vida, empezando su larga lista de experiencias y conquistas mucho antes que sus contemporáneos. Pronto fue conocido en su círculo social como alguien "dispuesto", rumoreándose que debido a sus muchos lances desarrolló una artillería de un calibre que muchos solo pueden soñar.

Activo en busca del placer sublime, empezó a compartir sus experiencias escribiendo cuentos cortos, entremezclando ficción y su realidad de manera a veces sutil, a veces brutal.

Publicado bajo seudónimos diversos, desea que sus lectores gocen de las vicisitudes de su vida e imaginación.

El éxtasis llega contigo

Estuve encerrado por lo que me pareció una eternidad. En un ambiente tenebroso, lúgubre. Perfumado al empezar. Con el pasar del tiempo, el aire, fétido, a veces rancio, a veces húmedo, otras gélido o caliente, era infernal. Yo encerrado, siendo tan hermoso, era incompresible.

Mantuve mi sanidad con los recuerdos de aventuras, y los aromas del placer. Recuerdos de mis acompañantes, mis amantes. Recuerdos de la determinación, la pasión con la que me usaron y los usé, la fuerza, el descontrol, de lo mucho que me amaron y los amé.

Disculpa, no me guarde para ti. No eres mi primera. Ahora, es tu turno, úsame. Úsame como otros me han usado. Empieza con suaves caricias, son los precursores del momento supremo a punto de ser alcanzado. Será mutuo. El placer de ser usado y usar, el sentir la energía, la pasión, con cada embestida.

Comencemos con la caza. Busquemos con quién compartir el ardor. Alguien que nunca ha cruzado nuestros caminos. Un extraño. El tercero del triángulo que nos daría balance. Seduce. Sonríe, invítalo a la orgía. Muéstrame, como la marioneta a ser usado. El galardón. Mi perfección será suficiente para convencerlo.

Llevémoslo a un lugar donde compartir nuestros cuerpos. Un callejón con iluminación tenue, suficiente para observar la acción. Prepáranos. Yo estaré mirando, esperando impaciente mi momento, calentándome hasta estar al rojo vivo. Toma su mano llevándolo a tus pechos. Con suavidad acaríciate, hasta que sienta las puntas de tus pechos erguidos. Toma su otra mano, métela dentro de tu braga, y haz que te acaricie el clímax entre tus labios. Disfruta. Yo gozaré mirando, excitándome con cada uno de tus gemidos.

Una vez que alcances la cumbre, acaricia sus pectorales frondosos. Navega hacia su vientre firme. Con destreza desabrocha el cinturón y el primer botón de su vaquero. Acaríciale el paquete por encima, siente cómo se yergue aprisionado. Baja el cierre relajando su prisión, dejándolo envuelto en su funda de algodón. Agarra la barra con firmeza, aún dentro de su capullo. Bésale el pecho. Agáchate, besa y lame su vientre. De cuclillas mordisquea con dulzura al cabezón atrapado. Disfruta de su gemido quedito. Libera al prisionero. Embúllelo. Chupa. Lame. Traga todo lo que puedas.

Estoy al rojo vivo. Acércame cogiéndome de mi empuñadura. Revela mi punta, mi lanza. Aun con su verga en tu ser, acaricia mi vaina, erguida, larga, ancha. Ahora penétrame lo más recóndito que puedas y siénteme llegando adentro, profundo, una y otra vez...

***

Despierto de uno de los sueños más húmedos que he tenido en mi vida. Estoy mojada de pies a cabeza, cabello, camiseta y bragas empapadas, y mi flor hinchada, preparada para explotar. ¡Y el Paco de viaje por trabajo la mañana que más lo necesito! ¡Cómo gozaría que me chupara los labios para calmar su palpitar!

Para colmo es hora de arreglarme para ir trabajar. Trabajo aburrido. De escritorio. Castigo por darle una patada en los huevos a un compañero cojudo que trató de propasarse durante una misión de vigilancia. Cierto que le di en el lugar preciso como para mandarlo al hospital por un par de días. Qué mierda ser mujer policía, carajo.

La ducha de la mañana, larga y deliciosa. Algo que debería ocurrir con más frecuencia. Siento la necesidad de masturbarme. No hay tiempo para completarla como me gusta. Cambio a agua fría y me apaciguo. Una vez fuera del cuarto de baño, comienza a subir la temperatura. Me visto despacio. Cada prenda que me voy poniendo se siente como manos que me acarician. Y ahora hasta el chaleco antibalas me tiene jodida debido a que las cimas de los pechos las tengo aun erguidas.

Arribo a mi puesto unos minutos antes para preparar la faena del día, que de seguro será aburrida y sin relevancia. Resguardar el almacén de evidencias es un castigo inhumano para alguien que vive para la acción, que busca la adrenalina. Pasan las horas lentas, como siempre, vienen algunos colegas con unos cuantos pedidos y otros entregando nuevos objetos para guardar.

No es hasta la media tarde que, en el silencio del pequeño almacén en tinieblas, escucho un susurro. *Sácame de aquí*, una voz masculina pide, o al menos eso es lo que creo escuchar. Una y otra vez, una voz calmada: *Sácame de aquí*. Sigo la voz, que me lleva hasta un rincón del almacén en donde guardamos evidencia no reclamada y que se va preparando para ser subastada. La voz acalla. Silencio.

La voz estaba en mi cabeza a causa de estar aburrida de muerte, pienso.

Antes de regresar a mi escritorio, rebusco un par de cajas por curiosa. Me doy cuenta de una que no vi antes. Caso 38575, 27 de octubre de 1947. La abro con cuidado. Dentro, una caja de madera tallada. Única, hermosa. Parece un joyero pero es alargado, rectangular. Mi curiosidad me lleva a sacarla de su embalaje. La admiro por unos minutos. La pongo sobre el suelo y la abro con cuidado. El contenido viene envuelto en un pañuelo de seda. Una pieza de oro, acero y piedras preciosas. Una belleza.

La tomo en mis manos. La voz regresa de inmediato diciendo con claridad: *Te he extrañado*. Es una voz familiar. Una voz que reconozco de algún lugar, de algún tiempo pasado, se me escapa dónde y cuándo. *Te he extrañado*, repite la voz. Sin pensarlo, deposito la pieza en el bolsillo delantero de mi pantalón, regreso el pañuelo de seda al joyero, el mismo a la caja de evidencias, y el cartón al lugar en el estante en donde lo encontré. Miro a mi alrededor para cerciorarme que estoy sola en el almacén. No veo a nadie. La pieza es ahora mía.

Regreso a mi estación sin apuro. Es tarde y aún tengo que cerrar el registro del día. Mientras transcribo los detalles de las cojudeces que llegaron al almacén a la bitácora, un cosquilleo me recorre el cuerpo. Soy una artista para el orgasmo disimulado, continúo la masturbada mental sin cambiar de postura.

De repente un suspiro, un gemido silencioso. La necesidad de compañía me envuelve. La oscuridad, el silencio del almacén acrecienta el deseo de sentirme deseada, de sentir un cuerpo excitado por mí a mi lado. Evoco la sensación de coger el cañón palpitante de Darío, mi primera vez. El recuerdo de la sensación en mi boca del cabezón gigantesco de Ricardo me humedece. Mi rostro rememora el facial de manjar caliente de Marcelo, y clama por más. El sable curvo de Jonás dentro de mi cueva, embistiendo incesantemente, qué delicia. El dolor y placer infligido por el monstruo del Teo en mi puerta falsa, lo necesito. Los aparatos masculinos estéticamente no eran de mi agrado, nunca lo fueron. Ahora los añoro.

Son la siete y cuarto, aún no he terminado la transcripción. A la mierda, mañana aún estará todo en su lugar. *Nos vamos*, pienso, avanzando hacia el vestidor. En mi casillero guardo un trajecito de putita que usé en una misión. Es perfecto para la ocasión, la caza. Mis bragas están demasiado húmedas para continuar, quedan descartadas. Mis pechos no necesitan sostenimiento esta noche, están erguidas, puntudas. No mucho maquillaje, que no quiero asustar a los de buen gusto. En la cartera entra perfectamente la pieza, la sensual belleza que me hipnotiza, que me guía.

Salir de la estación vestida de caza-hombres no pasa desapercibido. Compañeros y compañeras me lanzan piropos por igual. Perfecto, soy un manjar, estoy lista para ser saboreada.

Camino a un bar a unas cuantas cuadras. Me gusta porque no es frecuentado por los de la estación. Es temprano para un bar, pocos clientes. Veo a unos cuantos solitarios en la barra y una pareja manoseándose por debajo de una mesa. El lugar es perfecto para conversar, la música de fondo y los televisores no emiten estruendoso sonido. Me siento en una banqueta en un extremo de la barra. Pido una cerveza. El barman me conoce, de seguro asume que estoy aquí en una misión.

Los solitarios de la barra no reaccionan a mi presencia. Uno concentrado en un televisor, otro acariciando su vaso de trago y el tercero leyendo documentos. Ninguno califica para satisfacer mi sed. Solo quedan los manoseadores.

De pronto me llama la atención una pareja de la cual no me percaté antes, están ubicados en una de las mesas más escondidas del local. *Comencemos con la caza.* Él se levanta, se acerca a la barra y pide una ronda más. Se fija en mí y se aproxima. Es bien parecido y porta una erección bastante notoria. *Busquemos con quién compartir el ardor.* Me saluda y se queda mirando mis pechos sobresalientes. Respondo sin quitarle la mirada a ese poste que al parecer incrementó de tamaño en los pocos segundos que pasaron. *Sonríe, invítalo a la orgía.* Me invita a acompañarlos. Acepto y me bajo de la banqueta. Le sirven sus tragos y lo sigo hasta la mesa donde una mujer lo espera.

Me siento enfrente de ella, él se acomoda a su lado pasándole uno de los vasos. Nos presentamos. Carlo y Analía no son de la cuidad, están vacacionando por aquí de camino a la costa. Analía tiene facciones lindas, cuerpo menudo y una ebriedad que apenas puede sostener la cabeza. Carlo es fornido, con una sonrisa inquieta y tez bronceada. Los dos parecen modelos perfectos.

Sin titubear, Analía va al punto; pregunta que cuánto cobro por levantármelos a los dos al mismo tiempo. Sonrío y propongo no cobrarles si me hacen disfrutar. Carlo mira a Analía sonriente, termina su trago de un tiro, se levanta y nos invita a irnos. Las dos le tomamos de la mano y salimos del bar cada una de un brazo.

Están hospedados en un hotel cruzando la calle. Entramos por la puerta lateral al edificio, entre risa y risa subimos las escaleras tambaleando. Nos detenemos en una puerta en el segundo piso. Analía saca la llave de su cartera, la abre.

Es una habitación bastante amplia con una cama *king* tendida. Analía lanza su cartera a un sillón al otro lado de la cama, se voltea hacia mí y mirándome las chichichicas se acerca mientras se relame como fiera hambrienta. Pongo mi cartera sobre la cama, cerca de mí. Analía mete las manos dentro de mi top y las coge a mis gemelas con firmeza. Diestra, me saca el top y me deja con los pechos al aire. Lame, besa, succiona cada una con delicadeza. Sin soltarlas, se pone detrás de mí y me lleva al borde de la cama. Empuja con suavidad para que me eche boca abajo. La faldita no dura mucho más, y cae, terminando a mis pies en el suelo.

Carlo mira, en silencio, sentado al borde de la cama, admirando la escena. Siento sus manos acariciando mis nalgas. Las separa; segundos después, Analía relame mis orificios. Chupa mis labios y a Clio con pericia. Con una mano busco mi cartera y con la otra al paquete del Carlo. Encuentro a los dos en el instante que Analía introduce su pulgar por la retaguardia y sus dedos al frente. ¡Qué placer! No puedo aguantar, me zafo antes de alcanzar el orgasmo, alejándome de Analía, acercándome a Carlo.

Me aproximo a Carlo y le mordisqueo el fusil aprisionado en sus vaqueros. Analía se echa a mi lado acariciándome mis nalgas. Carlo descarta el pantalón y el *slip* con rapidez, liberando a su miembro gigantesco. Lo engullo, atragantándome con gusto. Sin quitarle la vista, lamo al chupete de base a punta. Disfruto verlo retorcerse de placer. Analía se echa a su lado para participar del festín. La veo desfallecer al rato, está demasiado ebria, se queda dormida boquiabierta.

Dejo de relamer al portento. Procedo a besarle el vientre, subiendo a su pecho. Me trepo al imponente mástil y lo introduzco en mis profundidades. No es solo largo, sino grueso, encaja completamente en mi cavidad estrechándola al límite. Comienzo a menear la cadera en forma circular. Carlo cierra los ojos en espera de lo inevitable. *Estoy al rojo vivo.* Tengo a la mano mi cartera. Saco la pieza a la luz. Es bella. Tenerla en la mano y el estar con un coloso introducido causa un placer indescriptible. *Acércame cogiéndome de mi empuñadura. Revela mi punta, mi lanza.* Así pasan varios minutos de arrobamiento, en los que me obligo a seguir la ruta más larga para alcanzar el clímax.

Escucho la voz clamar: *Hazlo, hazlo ya.* Sostengo la pieza por los extremos, levantándola sobre la cabeza. Desenvaino la hoja. Carlo abre los ojos, mira fijamente a la almarada en mis manos, sin inmutarse, en trance. La voz asevera: *Está listo, hazlo.* Carlo cierra los ojos y murmura: «Hazlo». *Ahora penétrame lo más recóndito que puedas y siénteme llegando adentro, profundo, una y otra vez...* Con un movimiento circular lo introduzco en su pecho. Siento cómo el puñal penetra profundo y al unísono siento que Carlo descarga su ser dentro de mí. Todo mi cuerpo es orgasmo. Soy suya, toda suya.

Sangre emana a borbotones de la herida. Sangre caliente, tan caliente como la esencia que deposita en mí al llegar. Éxtasis.

Noa Xireau

España

Nacida en Alemania (Weissenburg, 1971), de madre alemana y padre español, actualmente vive en un pueblo del hermoso sur de España.

Adicta a la literatura romántica, Noa Xireau comenzó a escribir por casualidad, más como una forma de dar salida a su exceso de imaginación que con la intención de publicar.

Soñadora empedernida, tiene preferencia por la literatura paranormal y erótica, y su definición de nirvana es poder disfrutar sin prisas de un buen libro con un chocolate caliente a mano.

Galardonada por su originalidad y buen escribir en varios certámenes literarios, tanto a nivel nacional como internacional, Noa Xireau ha sido ganadora durante los años 2015 y 2016 del Concurso Internacional de Relatos Pecaminosos Contacto Latino en los Estados Unidos.

En diciembre de 2015 publicó su primera novela, *Spanish Christmas* en los EEUU, *a la que seguirían Three Kings for Sarah* (2016), y su participación en las antologías *Hot Curves Ahead* (2016) y *Captivated and Captured* (2016).

En castellano ha publicado *El cuento de la Bestia* (noviembre de 2016) y ha participado en diferentes antologías: *Te veré en el clímax y otros relatos pecaminosos* (Pukiyari Editores, 2014); *Un paraíso en el paraíso y otros relatos* (Editorial Reino de Cordelia, 2015); *El placer de las curvas y otros relatos pecaminosos* (Pukiyari Editores, 2015); y también ha sido colaboradora del *Periódico Irreverentes* de Madrid en el que ha publicado algunos relatos.

Más información: www.noaxireau.com

¡Puta, puta, puta!

Cuando tu novio te deja por otra y a los tres meses te enteras que se casan, lo mínimo que deberías poder hacer es mandarlo a la mierda, poner *posts* en Facebook riéndote de su pilila enana o difundir fotos embarazosas de la zorra que te lo ha quitado. Pero no, aquí estoy sentada en su salón y sonriendo como si llevara palillos de dientes en las mejillas mientras ellos me anuncian felizmente su compromiso y me invitan a la boda.

Esas cosas son las que ocurren cuando tu ex es tu jefe, te da permiso para llevar a tu abuela al médico cada vez que lo necesitas y encima te alquila su piso a precio de ganga. Sí, me vendo barata, ya lo sé.

—Me alegra que seas tan comprensiva —me dice la puta de su novia, que es tan perfecta que ni el rímel se le corre cuando suelta esas lagartonas lagrimitas de felicidad—. Incluso mis amigas se extrañan de lo bien que te lo estás tomando.

¿Sus amigas? ¡Será puta la cotorra!

—Toñi siempre ha sido muy especial. —Mi ex me sonríe con ternura.

El muy cabrón sigue siendo tan guapo como siempre. Si por lo menos le pudiera echar en cara que no da la talla o que es un eyaculador precoz… Pero no, Fernando la tiene como la trompa de un oso hormiguero y cuando se pone a buscarte las hormigas busca y rebusca hasta que vacía el hormiguero.

—Disculpad, necesito ir al baño. —Sigo sonriendo, aunque del esfuerzo los goterones de sudor me caen a los ojos escociéndome y la lengua la tengo como un chicle masticado de tanto morderla.

—Por supuesto, ¡faltaba más! —La novia perfecta da un salto del sofá, recordándome que tiene diez años y veinte kilos menos que yo—. Ven que te enseño el mío. Seguro que te encanta.

Claro, seguro que es por eso por lo que me lo enseñas y no para restregármelo. ¡Puta!

—Fernando contrató a una artista holandesa para que pintara los azulejos a mano. Y cuando veas la cristalera…

La sigo escaleras arriba, con su culito respingón balanceándose tan provocador ante mí como una bola de lana ante un gato. ¡Lo que daría por tener unas garras felinas! Más que nada porque no me alcanza ni la flexibilidad ni la altura para darle un puntapié en ese trasero engreído que tiene.

Al entrar en el cuarto de baño me paralizo. Ella tiene razón, me encanta. Tanto que tengo ganas de caer de rodillas y ponerme a llorar. A falta de las garras debería haber usado unas tijeras para convertirle el trasero en un cuadro cubista.

¡Puta y dos veces puta!

—Bueno, te dejo para que hagas lo que tengas que hacer. No te des prisa. Estos baños son para disfrutarlos. Prueba lo que quieras. Entiendo que todo esto es una tentación cuando no te lo puedes permitir tu misma. —Me guiña un ojo antes de cerrar la puerta tras ella.

¡Será...!

¡Puta, puta, puta!

Escaneo a mi alrededor con una sensación ácida en el estómago. La muy zorra sabía perfectamente lo que hacía al traerme aquí. Todo es de lujo, desde el asiento del váter a los cosméticos sobre la repisa.

Recuerdo una serie de los ochenta en la que la protagonista se venga de la amante de su marido orinándole en los botes de crema y restregándole el cepillo de dientes por el borde interior del inodoro. ¿Qué probabilidades habría de no mojarme los dedos mientras hago puntería en esos botecitos? Frunzo la nariz y descarto la idea, soy demasiado tiquismiquis para mearme encima.

Ahora bien, eso del cepillo de dientes... Me muerdo el labio. Hacer eso es ser muy cabrona, ¿verdad? ¿Tanto como quitarle el novio a otra y luego restregarle que éste le ha comprado la casa de sus sueños? Todavía dudando me acerco al lavabo y abro el mueble que está en el lateral. Ahí está lo que busco.

Por supuesto la señora no podía tener un cepillo de dientes normal y corriente, no, el de ella tenía que ser eléctrico y de diseño. Sonrío. Esta vez de verdad, en plan gato de Cheshire. Me olvido del váter y doy forma a mi maléfico plan.

Como decía el Código de Hamurabi, ojo por ojo y diente por diente. Bueno, si no lo decía el código ese, en la biblia seguro que lo ponía y lo que viene en la biblia es sagrado. Si la zorra se cepilló a mi novio cuando todavía estaba conmigo, que menos que yo también me cepille algo suyo para devolverle el favor. Y encima, ni siquiera puede ser pecado porque ¿acaso no me invitó ella misma a probar y disfrutar lo que quisiera?

Me contoneo y meneo como una anguila para deshacerme de la faja. ¡Malditas sean mis ganas de presumir de cinturita de avispa! Si hasta las sardinas en lata vienen con aceite y a ver si no están para chuparse los dedos.

Lo bueno es que así no hay quién vea la ristra de agujeritos en mis bragas. No sé cómo han aparecido, pero parecen una sesión de tiro con metralleta de mi trasero. Eran las que quedaban limpias, pero mejor bragas con aireación que embadurnadas con *eau* de marisco, ¿no?

Respiro aliviada cuando por fin consigo deshacerme de la dichosa faja. Lo que me recuerda que debería aprovechar para sentarme en el inodoro antes de volver a envasarme al vacío. Por suerte, las bragas son más fáciles de bajar, aunque también debo de haber engordado unos cuantos kilitos desde que las estrené. La culpa la tiene Fernando y su zorra, porque con sólo acordarme de ellos se me amarga la boca y necesito hincharme a dulces para que se me pase.

Cojo el cepillo de dientes y aprieto el botón. ¡Joder, cómo vibra! ¡Cómo se nota la calidad! Lo apago. Esto necesita preparación. Me coloco frente al lavabo con las piernas abiertas. Alzo la falda y sitúo el cepillo de dientes. Tomo aire, me preparo mentalmente y pulso el botoncito.

¡La madre que me…! Con el espejo justo enfrente veo cómo mis ojos se abren y mis labios forman una alucinada O. Me agarro con fuerza al lavabo. ¡Joder con el cepillo! Vibra más que el tío Pepe de silicona rosa que tengo guardado en el cajón de mi dormitorio.

No es que me vibre el chichi, es que me vibran las piernas, la celulitis, la barriga, las tetas y hasta me castañean los dientes. Si tuviera dentadura postiza ahora estaría bailando hip hop sobre la encimera de mármol.

De repente el cepillo hace un run run ruuuun causándome un tembliqueante ¡o-oo-ooh!, ¡aaaaaahhh!, que acompaña el impresionante orgasmo que barre a través de mí.

Resoplando inclinada sobre el lavabo trato de recuperarme de la impresión. ¡Tres minutos! ¡Me he corrido en tres minutos! El cepillo de dientes sigue vibrando sobre el mármol donde lo solté. Ni ruido hace el jodido y sigue ahí, vibra que te vibra como si le pagaran por hora.

Echo cuentas de cuánto falta para Navidades. ¿Cuatro meses? Demasiado. Quiero un cepillo eléctrico ¡ya! Lo mismo uno de esos baratos que se venden en supermercados me hace el apaño. Mi madre siempre me reñía para que usara más el cepillo de dientes. Pues va a resultar que a la vejez viruela voy a terminar por echarle cuenta. Más vale tarde que nunca, ¿no? Lo mismo hasta me lo llevo al trabajo. Total, ¿cuántas compañeras no se toman descansos para fumar? A tres minutos por sesión, puedo salir hasta cinco veces al baño cada mañana. ¡Eso sí que tiene que dejarle a una relajada y lista para trabajar! Igual si funciona le recomiendo a Fernando que haga turnos para que las empleadas podamos ir al baño con nuestros cepillos de dientes.

Me incorporo. El orgasmo fue genial, pero no acabo de sentirme satisfecha con mi venganza. Todo ha sido demasiado fácil, demasiado rápido. Apago el cepillo de dientes. Miro a mi alrededor y trago la hiel que me sube por el esófago al ver una foto de la parejita feliz. ¿Quién pone fotos en el cuarto de baño? ¿No habrá planificado la muy zorra traerme aquí incluso antes de invitarme?

¡Puta, puta, puta!

Me voy decidida hacia la puerta y cierro el pestillo. ¿Quería que yo disfrutara de su baño? Pues hala ¡a obedecerle se ha dicho! Me abro la cremallera del vestido y lo dejo deslizar al suelo. Bueno, eso de deslizar es un decir, pero con un poco de ayuda baja y cae a mis pies. Zarandeo con el cierre del sujetador y lo tiro al suelo en plan diva de cine. Tanto lujo a mi alrededor se merece que yo saque toda mi clase.

Llega el momento del *¿ahora qué?* Reviso las estanterías. La muy zorra tiene de todo. Sólo con sus potingues podría pagarme unas vacaciones en el Caribe. Elijo un bote de *serum* anti-arrugas que viene anunciado en las revistas de la peluquería. Me consta que vale más que un fin de semana de *spa* en un hotel de cinco estrellas. Pulso el dispensador. Un chorro de líquido blanquecino, semitransparente, cae sobre mis pechos. Río. Parece un salpicón de semen.

Comienzo a echarlo generosamente sobre mi delantera, tan generosamente que cuando acabo parezco un pastel glaseado. Preferiría ser un bombón, pero hasta yo me chuparía las tetas ahora mismo si me pusieran unas guindas confitadas en los pezones.

Echo más cantidad del semen artificial, esta vez sobre mi vientre y mis muslos. Me alejo del espejo para ver cómo queda y comienzo a acariciarme. No sé si me excita más el extender toda esa pringue por mi piel o saber cuánto le costará a la zorra que yo disfrute con sus cremas de lujo.

Me restriego y aprieto contra la pared, dejando mi enorme trasero y mis tetas dibujadas sobre los azulejos. Eso sí que es arte y no el cisne hortera que parece un ganso ahogándose. Achucho de nuevo mis tetas contra la helada cerámica. Me aparto y ¡ahí están! Dos círculos perfectos a cada lado de la cabeza del cisne. Mucho mejor así. Ahora al menos parece que el bicho jadea porque lo he masturbado con mis tetas y no porque se esté muriendo.

Está bien para empezar, pero no es suficiente. Estoy tentada de coger el cepillo de dientes, pero no quiero terminar tan rápido. Ojeo la estantería. Hay un desodorante que con su tapadera redondeada sería perfecto para darme placer, pero ¿por qué conformarme con un desodorante barato?

Elijo botes de cremas y perfumes para probarlos uno a uno, deslizándolos entre mis piernas y comprobando cómo se resbalan a través de tanta humedad acumulada, mojándolos y embadurnándolos antes de devolverlos a la estantería. *¡Ahí los tienes ahora, zorra!*

Encuentro mi juguete perfecto entre tanta selección. No me creo que el diseño sea casualidad. El alargado bote de perfume con su punta redondeada y sus alargadas ranuras en espiral es pura perfección. El cristal se desliza con exquisita suavidad entre mis pliegues y la punta encuentra su camino incluso sin preguntar. ¿Cuántas mujeres ricas poseerán ese dildo escondido a la vista de todos?

Lo uso como todo buen dildo debe de ser usado, acompañado de mis gemidos y ronroneos al marcar su baile en mi cuerpo, subiendo mi sensibilidad, mi necesidad y mis ganas de insultarlo si no me hace correr pronto. Me ignora. Lo castigo a permanecer encerrado en mi interior cuando aprieto los muslos y me estiro por el cepillo de dientes.

Eso *síí* es otra cosa. Vibro. Todo en mí vibra. Me sube el pulso, mi respiración se altera. Mis caderas se contorsionan. El baño se llena de gemidos, sollozos y…

Y entonces mis ojos caen sobre la foto de Fernando. Ahí está con su zorra riéndose de mí.

¡Puta, puta, puta!

Me niego a permitirles que me fastidien la diversión. ¡Ahora van a ver! Coloco la foto en el suelo. Me saco el dichoso bote-dildo de perfume que, por la forma en que trata de escaparse de entre mis piernas, parece preferir chichis de más alto *standing*.

Recupero el bote de desodorante y regreso a las estanterías. Escojo un tubito más bien fino de anti-ojeras con un tapón redondeado. El tamaño importa, pero para el ojete para el que lo quiero me sobra; que rica no, pero delicado tengo el culo como la que más.

Dejo mi arsenal de placer al lado de la foto y me arrodillo sobre la parejita feliz con las piernas abiertas. Con el ceño fruncido observo sus sonrisas. Necesito algo más, ¿pero qué? Estudio mi arsenal y decido abrir el anti-ojeras. Es de *roll-on*. Mis labios se curvan tanto que casi tocan mis orejas.

Empujándolo con firmeza, obligo al desodorante a abrirse camino a través de mí. ¡Joder! ¡No parecía tan gordo en la mano! *¡La madre que lo echó por el trigal!* Tengo que fijarme en qué marca es para comprarme uno igual. Me llena que es un gusto y se mueve conmigo cuando me muevo. Mejor que un tampón, vamos.

Cojo el cepillo para empezar a darme gustirrinín. Inmediatamente empieza esa vibración que me hace rechinar como una yegua. Me obligo a coger también el anti-ojeras antes de que pase al olvido.

La cosa se complica y bastante. Con una mano entre mis muslos y otra detrás me inclino hacia delante para que se me abran las nalgas. Mi cara y mis tetas acaban achuchadas contra el suelo y yo contorsionada como una Barbie ensayando para la película del exorcista.

Vale la pena que no me llegue oxígeno a los pulmones y mi cara se caliente e infle como un globo aerostático, cuando trazo pequeños círculos con el *roll-on* sobre mi ojete y descubro que es con efecto hielo. *¡La madre que lo parió!* ¡Qué gustito!

No tardo ni tres minutos en alcanzar un orgasmo y que el primer chorro de líquido caliente salga lanzado de entre mis piernas. Tampoco tardo tres minutos ni para la segunda, ni para la tercera corrida. Con el cuarto orgasmo ya resonando no puedo comprobar si he acertado a dirigir el chorro a la boca de la zorra.

—¿Toñi?

¡Mierda, ahí está!

—¿Sí…ííí?

—Eh… ¿te encuentras bien?

—Síííí…

—Es que suenas… como… adolorida

—¡Estreñimiento! —Entorno los ojos, mi imaginación no está para muchos trotes ahora mismo.

—Oh… eh… mejor te dejo entonces. Están llegando los primeros invitados para la fiesta.

Después del sexto orgasmo caigo exhausta sobre el suelo, indiferente al brazo apresado bajo mi cuerpo o el charco que me empapa. También la parejita feliz ha quedado atrapada bajo mi peso mientras el cepillo de dientes sigue vibrando donde está.

*** *

Después de media hora apretando como si fuera a poner un huevo de pascua para sacarme el dichoso desodorante, bajo a la fiesta con las piernas entreabiertas. Un aleteo de una mosca a mi lado y de seguro que ruedo escaleras abajo. ¡Lo que hace una buena corrida!

Saludando a algunos conocidos me escabullo con piernas gelatinosas a la terraza. Suspiro aliviada cuando no hay nadie y puedo coger el hielo de mi refresco para ponérmelo en el chichi. El cepillo es una maravilla, pero podría afeitarse de vez cuando.

—Ah, ¡mira dónde estás!

¡Mierda! Me saco el hielo antes de girarme apresurada hacia la zorra.

—Tienes mala cara. ¿No lo quieres? —Me quita el hielo de la mano y lo chupa antes de echarlo en su bebida. —Arriba tienes camas para dormirte la mona.

Veo cómo se marcha. ¡Me ha quitado mi hielo para el chichi! ¿Y acaba de llamarme borracha? El repique de un tambor de guerra resuena en mi cabeza. ¿Dónde está su dormitorio?

*** *

Su habitación es tan empalagosa como un batido de fresa con extra de azúcar, pero registrarle los muebles lo compensa. Le quito unas bragas y un camisón de uno de sus cajones y lo pongo sobre la cama junto a

Pepito. ¿Quién habría esperado que la zorra escondiera a toda la maldita familia del tío Pepe en la mesita de noche? Cuando acabe con Pepito tengo que probar a Pepa, a Pepón y al abuelo Perico.

Me pruebo las bragas. No hay manera, se atascan en las pantorrillas. Las dejo donde están y paso al camisón de seda. Apenas me da lugar de pasármelo por encima de la cabeza cuando oigo voces desde el pasillo. Intento bajarme el camisón pero se queda atrancado en mis tetas, intento subirlo pero nada.

Con el corazón en la garganta miro alrededor. ¡El armario! Con un puntapié escondo mi ropa bajo la cama. Cogiendo a Pepito, doy un salto para correr hacia el armario. Casi me estampo contra el suelo cuando mis pies se enredan con las bragas. Pero, justo a tiempo, consigo meterme en el armario.

—¡Deprisa! Si Laura nos descubre…

Mi mandíbula se desencaja cuando a través de una ranura veo al abogado de Fernando comiéndole la boca mientras le desabrocha el pantalón.

—No vendrá. Ésa solo vive para su público.

—¡Dios! ¡Qué ganas de que su padre me traspase de una vez la empresa y pueda deshacerme de ella! ¡Ufff! —Fernando es lanzado bocabajo y con el culo al aire sobre la cama.

—¿Qué pasará con la casa? —Los pantalones del abogado caen hasta sus rodillas cuando se quita el cinturón.

—Mí… ¡Mía!

***

Salgo prácticamente a rastras del armario cuando los dos cerdos infieles al fin desaparecen. Me desplomo sobre la cama. Algo se está hincando en mi trasero. Es el cinturón. ¡Aún no me lo puedo creer! Fernando está con Laura por su dinero y planea dejarla. ¿Quién lo hubiera dicho?

En el espejo observo el camisón de Laura medio rajado achuchándome aún las tetas; mis muslos empapados delatan que he sido cómplice del bochornoso crimen y Pepito en mi mano aún brilla satisfecho con mis jugos. Acaricio el cinturón. Soy culpable. ¡Pobre… Laura!

Miro a mi reflejo a los ojos, ¿a quién quiero engañar?

¡Puta, puta, puta!

Emma Sheridan

Argentina

Emma Sheridan, escritora argentina, nacida en 1976.

Es analista de sistemas y profesora de literatura inglesa. Ama viajar, los libros, la música y todo lo que tenga que ver con el arte corporal.

Ha participado en antologías solidarias como "54 corazones tras la esperanza" y "Un relato por Pausoka". Es la autora de "Mates con amor" (2014), de un relato erótico llamado "¿A quién no le ha pasado?" (2014), de un diario íntimo titulado "Lucía y sus hojas perfumadas" (2015) y de una novela titulada "Tu secreto, mi destino" (2016).

Para conocer más de Emma Sheridan:
Facebook: Emma Sheridan Escritora.
E- Mail: emma.sheridan15@gmail.com

¿Quién eres?

Ella sabía que iba a cometer adulterio en cuanto lo vio; era alto, musculoso, cabello negro y ojos verdes, sumados a una sonrisa poderosa. La cámara web definitivamente no le hacía justicia.

Exactamente dos meses atrás, Leticia volvía de sus clases de profesorado de Educación Física a la casa en donde vivía con su esposo Mariano. El techo era lo único que compartían, ella tuvo que aprender a hacer todo sola, él no colaboraba en absolutamente nada.

Esa noche ocurrió lo que venía sucediendo hacía meses. Ella volvía feliz por haber aprobado una de las últimas materias que le faltaban para recibirse; de camino a su casa compró una botella de buen vino espumante para festejar su éxito; pero cuando llegó, su felicidad se derrumbó al ver a Mariano sentado en frente al ordenador escribiendo. Otra vez la historia se repetía. Ella llegaba feliz a contarle cómo le fue en su día, él solamente le murmuraba un «ya voy», y la espera duraba horas y hasta, a veces, Mariano se olvidaba de ir a verla.

Festejaría sola, pensó, pero luego se dijo que no tenía que hacerlo sola. Se sentó en el sillón más cómodo de su *living*, lejos de la vista de su marido, abrió su correo y vio que tenía un email de él, de James.

Hola Let, ¿cómo te fue con la materia que te tenía tan preocupada? Pensando en vos, James xxx

Se conocieron en un chat abierto, ella quería practicar el idioma inglés y alguien le comentó que la forma más fácil de aprender era chateando con personas de países de habla inglesa, y así fue como una tarde intercambiaron palabras y se sintieron cómodos chateando de cualquier tipo de temas, descubrieron con el correr de los días que tenían muy buena comunicación.

Le picaron los dedos por contestarle y aún más al ver que estaba en línea. Su festejo lo hizo con él, la *webcam*, su copa de vino, y él con una cerveza bien helada.

Meses más tarde…

Leticia estaba parada frente al Museo Nacional de Bellas Artes, lugar acordado por él una vez que llegara a Buenos Aires. Se encontró espiándolo detrás de un árbol, observándolo sonrojada ya que por fin iban a concretar ese encuentro tan añorado.

Camisa blanca al cuerpo delineando sus músculos y *jeans* gastados que le calzaban perfectos, esperaba atento a cualquier mujer que le sonriera y se pareciera a la bella Leticia. Chequeaba su móvil a cada segundo. Confiaba en que la vería llegar y le robaría ese beso que tantas veces hizo en sueños, vía teléfono y vía cámara web.

Leticia se animó y cruzó la calle que los separaba, no podía evitar sonreír, mientras su corazón danzaba de alegría.

Se perdieron en un abrazo dulce y pasional. Él aprovechó el acercamiento y le dijo que le tenía una sorpresa, ella no tenía idea de lo que le esperaba, pero ya le encantaba como la hizo sentir el abrazo.

Decidieron dar un paseo por la ciudad hasta que en un momento él le tomó la mano; ella dudó, pero aceptó encantada, no podía negar semejante revolución interior que le provocaba la situación.

—Quiero llevarte a un lugar del cual no te olvidarás jamás… —le susurró al oído.

Ella hizo una mueca como consecuencia de que rozaba la adrenalina con la desconfianza, su tono de voz fue tan seductor como un salto en caída libre al pecado. Se le mojó la tanga. Inspiró y casi disimulando su excitación asintió.

—¿Confías en mí? —vocalizó en su oído.

Su boca dibujó un sí apenas perceptible para los oídos de cualquier mortal, él la tomó más fuerte de la mano y aceleró el paso.

Caminaron en silencio por unas cuadras, a paso rápido, a latidos exacerbados.

Ella comenzó a sentirse muy rara. De repente, se soltó y dio un paso atrás, él simplemente la observó.

Ella salió corriendo en dirección contraria. Él la siguió.

Corrió por tres cuadras, hasta que finalmente dobló a la izquierda en una esquina. Sus pensamientos no cesaban, la culpa la invadía, pero su cuerpo le pedía a gritos por favor un revolcón.

Bajó la marcha, intentó acompasar sus latidos con la respiración hasta que llegó a la puerta de su casa. Le temblaba el pulso para embocar la llave. *Respira*, se dijo. Intentaría serenarse en el ascensor hasta su departamento. El espejo del elevador le devolvía una imagen distorsionada de ella, creyó ver sus pupilas dilatadas y los pezones excitados, su marido no podía verla llegar así. Abrió su bolso, sacó una crema y se masajeó la cara con movimientos ascendentes, lo cual la ayudó a relajarse. Se pintó los labios y llegó a su casa. Inspiró lento y profundo al entrar. Caminó por el pasillo que la llevaba a la sala de estar y mientras daba sigilosos pasos, sintió la casa fría y silenciosa, estaba sola.

Qué raro..., ironizó para su interior.

Recorrió las habitaciones en busca de algún signo vital, pero no encontró nada, solo vio una notita sobre su almohada escrita en letra casi caligráfica que decía: *"Mi amor, no me esperes, vuelvo muy tarde".*

Cerró sus ojos e hizo un bollo la nota. Siempre dejándola sola, siempre ocupado, esos viajes relámpago de negocios no los aguantaba más, se sentía descuidada y abandonada. Enojada y aturdida envió un mensaje.

*Te pido disculpas por haber huido así. ¿Nos vemos mañana?

**Te seguí hasta tu edificio, la oferta sigue en pie, te espero abajo.

Ni siquiera se tomó la delicadeza de contestar, simplemente volvió a tomar su bolso, la llave, y bajó a buscarlo. Acomodó las medias bucaneras que llevaba puestas debajo de la pollera tubo y sonrió pícaramente. Estaba lista para la aventura.

Salió apurada, como si tuviera miedo a pensarlo mucho y volverse a su casa. Todo se revolucionó al ver al grandote sonriendo, esperándola, apoyando su trasero en un taxi.

—¿Vamos?

—Ahora sí —dijo con seguridad.

Le dio una palmada en el culo mientras la ayudaba a subir al taxi, quería provocarla. Ella giró la cabeza y sonrió nerviosa pero no se arrepintió de la decisión que había tomado.

Leticia dejó bien en claro que estaba lista para lo que se le ocurriera, sentándose de costado, cruzando una pierna sobre la otra, dejando ver a través del tajo de la pollera, el delicado borde de sus medias.

—Vamos a la dirección que ya le dije —ordenó al taxista con voz de macho imponente—, con la vista al frente y le pagaré el doble de lo que marque el tablero.

—Sí, señor —respondió el hombre.

Se sentó de lado, quedando frente a ella y sin mucho preámbulo comenzó a acariciarle la pierna que tenía cruzada, con delicadeza subió su mano hasta encontrar el borde de la bucanera para luego poder deslizarla hacia abajo, le desnudó un pie y se metió la media en el bolsillo. Repitió la misma acción con la otra media y se detuvo a observarla, su boca semiabierta, sus ojos entrecerrados y su pecho subiendo y bajando lo invitaban a más.

—Cierra los ojos —le ordenó al oído.

Ella obedeció sin dudar, quería mucho más que una caricia en las piernas. Se habían visto muchas veces desnudos por cámara web, creía conocerlo bastante, y casi no sentía pudor; sin embargo, la sensación piel con piel era completamente diferente, le ponía las pulsaciones a mil, los pelos de punta y las mejillas de un rojo violento.

Acercó su mano a su cintura para alcanzar el borde de la pollera acariciando su suave piel hasta que encontró lo que estaba buscando: la tanga. Para su sorpresa encontró un hilo muy fino y delicado, tan fino que pudo cortarlo de un tirón.

—Así, mucho mejor —volvió a susurrarle al tiempo que le rodeaba la cintura para buscar el hilo del otro lado y romperlo con un movimiento apenas más fuerte.

Una vez logrado, metió su mano por debajo de su pollera y, rozándole su centro de placer, le sacó lo que quedaba de su pequeñísima prenda.

Se la llevó a la cara y enterró su nariz para poder disfrutar de las feromonas femeninas.

Ella tragó saliva, verlo hacer eso le generó algo que jamás había experimentado. Su marido no tenía esa osadía ni soltura. A ella le encantaba la libertad y seguridad con la que James se movía.

El taxi frenó frente a la entrada de un edificio en algún lugar remoto de la ciudad. Él bajó y le abrió la puerta para ayudarla a descender y se le pegó a su espalda. Antes de entrar al edificio, le cubrió los ojos con una de sus medias, ajustó bastante el nudo detrás de su cabeza para impedirle la visión. La sintió temblar.

—Tranquila, solo tienes que decir «no» y te dejo libre.

—Sí, quiero.

Él le llevó las manos al frente para atarle las muñecas con la otra media. La guio tomándola por la cintura, el ruido de llaves le hizo dar cuenta que entraban en algún lugar. Por el sonido que hacían sus tacones al caminar, el suelo era de madera. El aroma de algún tipo de flor que no llegaba a identificar la embriagó al instante, haciendo que su respiración saliera cada vez más entrecortada.

—Respira, preciosa, te prometí que ibas a vivir un momento inolvidable y bien sabes que soy hombre de palabra.

Cuando terminó de escucharlo empezó a tiritar; entraron a un ascensor, él se paró frente a ella, le descubrió los ojos para que pudiera verlo.

—Estás aquí por tu propia voluntad.

Ella volvió a sonreír y él le besó la sonrisa, le cubrió nuevamente los ojos y le mordió los labios, estiró su mano para de un manotazo parar el ascensor, le liberó un pezón para pellizcarlo a su antojo, mientras le hacía el amor a su boca con su lengua.

Ella gimió, sufrió un espasmo al sentir tanto placer. Él bajó la boca hasta su ya erguido y casi rojo botón para lamerlo y succionarlo a su gusto.

Acarició sus muslos, ella juntaba las piernas para no demostrarle lo mojada que estaba, él insistió hasta que ella accedió. Solo deslizó un dedo acariciando su vulva, lo alejó para llevárselo a la boca y degustar su sabor.

El ascensor comenzó a moverse y en un par de segundos sintió que flotaba envuelta en un halo de excitación que la hacía querer gritar de locura. Entraron en un espacio con temperatura agradable y aroma masculino. Trató de respirar profundo para calmar su ansiedad y poder disfrutar del momento. Estaba dispuesta a seguir con el juego. Confiaría en él.

La empujó dulcemente para que quedara con las rodillas y las manos apoyadas en un sillón, la pollera enroscada en su cintura y su sexo expuesto. De repente sintió que algo frío le fue introducido en su parte más privada, seguido de lametazos lentos sobre su clítoris, la lengua masculina subiendo y bajando, ejerciendo presión y aflojando, succionando y liberando. Ella solo podía gritar y pedir más.

—¿Quieres más, preciosa?

—¡Sí! —jadeó.

Le liberó el culo de lo que le metió y se lo introdujo en la boca, ella solo pudo escucharlo saborear algo.

—¿Qué es? —indagó curiosa, casi conociendo la respuesta.

Él se lo acercó y la dejó probar, ella volvió a gemir al sentir que su sexo se volvía a mojar.

Ella disfrutaba del chupetín bolita mientras su cuerpo se derretía en la boca de James.

—¿Más? —volvió a preguntar mientras le sacaba el chupetín de la boca.

—Por favor…

Apenas terminó de decir esas palabras, escuchó el sonido de un cierre a pocos centímetros de su cara.

¿Hay otra persona? ¿Qué hago? ¿Me quedo? ¿Me voy? Estoy atada... aunque solo tengo que decir no para que esto acabe. ¿Estoy loca? ¿Quiero perderme de esto que es lo mejor que me ha sucedido sexualmente en mi vida?

Algo caliente y duro acariciando su espalda desnuda la sacó de sus cavilaciones.

Gritó de placer, la boca de James la hacía disfrutar sin pudor y ahora saber que había otra persona con ellos le hacía sentir que su sueño de estar con dos hombres se hacía realidad.

El miembro caliente adorando su espalda bajó por un lado hasta llegar a un pezón y se detuvo ahí para acariciarlo y humedecerlo con gotas de anticipado placer.

El desconocido le jaló el cabello, le sacó el chupetín de la boca para saborearlo él; la levantó para que quedara sentada sobre la boca de James. Descontroladamente suelta le hacía el amor a la cara del extranjero, mientras el otro hombre le besaba el cuello, bajando a sus pechos para morderle los pezones, acariciándole uno con algo pegajoso y luego succionándolo y saboreándolo varias veces, ella sintió que le ardían las tetas y sintió los dos botones encenderse cuando le fueron aprisionados, supuso que eran broches, aunque no estaba muy segura pero no le importaba.

—Lo quiero en mi boca —se atrevió a decir.

James la levantó para salir de debajo de ella e intercambiar lugar con el extraño.

De un empujón penetró la boca de Leticia mientras que el extraño comenzaba a penetrarla por detrás.

Ella solo se limitó a gritar con su boca llena de la masculinidad de su compañero de pecado. Se sentía la más puta de todas y estaba deseosa de sentir el líquido espeso de ambos en cualquier parte de su cuerpo.

—¿Quién eres? —preguntó moviendo apenas su cabeza hacia atrás. James no la dejó avanzar más, ninguno de los hombres quería desenmascarar al extraño.

Él le tomó el cuello y le volvió a enterrar su pene tan profundo que una lágrima rodó por su mejilla; ella estaba extasiada de placer, el hombre que tenía detrás sabía exactamente cómo hacerla gozar, ya había perdido la cuenta de los orgasmos disfrutados.

—¿Quién eres, Leti? —preguntó el amante, acostumbrado a recibir siempre la misma respuesta por parte de ella.

—Tu puta más puta.

Esa respuesta hizo que el extraño no pudiera contenerse, sacó su pene y le empapó el culo con su poderoso y cargado orgasmo; ella volvió a gritar, el líquido caliente comenzó a rodar por sus piernas. El extraño se alejó y James le liberó la boca, las manos y los ojos.

Se sentó en el sillón y la sentó sobre él, ella todavía gemía agitada, endemoniada, despeinada y con el cuerpo perlado en sudor. Quería más, le encantó lo que le hicieron. Miró hacia todos lados y solo estaban ellos dos, el aroma a sexo y la ropa desparramada por toda la sala de estar. Del extraño quedaba un solo rastro, su semen esparcido por todo su culo. Miró a James a los ojos sin poder emitir palabra.

—¿Estás bien?

Ella solo asintió y miró hacia abajo, no se había dado cuenta de que aún llevaba broches en sus pezones, intentó sacarlos pero James se adelantó y le quitó la mano.

—Se quedan ahí, yo no he terminado —dijo mientras se ponía un condón.

Ella sonrió y buscó la boca del grandote, quería que él probara su placer y quería probar el propio.

James elevó el cuerpo de Leticia unos centímetros para poder penetrarla con toda su hombría y de una sola estocada hacerla derretir de placer, ella cerró fuerte los ojos.

—Mírame preciosa.

Lo miró y vio una mezcla de lujuria con dulzura en esos preciosos ojos de pestañas curvadas. Se mordió los labios en un intento vano de poder sostenerle la mirada, mientras él le hacía el amor. Ya no era solo sexo. Estaba siendo dulce y suave, entraba y salía apoderándose del movimiento, tomándola de las caderas.

Ella acarició su sedoso cabello, bajó las manos por la nuca y se quedó apoyada en su formado trapecio, era musculoso y fuerte, tierno y cariñoso, osado y libre.

—Los quiero chupar —le dijo mirándole los pezones. En dos movimientos los broches cayeron al suelo, la boca masculina atrapó uno entre sus labios y luego el otro, estaban extasiados de placer. Era la primera vez que se sentían cuerpo a cuerpo, a ambos se les erizaba la piel. Era un torbellino de sensaciones que ninguno estaba listo a aceptar.

Ella explotó involuntariamente, lo que lo llevó a él a un delicioso orgasmo, él gruñó y se sacudió dentro de ella por unos segundos.

Se abrazaron por un largo rato intentando recobrar la cordura, sonriendo y disfrutando del momento de intimidad.

Se separaron cuando ella se removió inquieta, le pidió por favor que le llamara un taxi y corrió al baño.

Él le pidió que se quedara un rato más pero ella no aceptó, necesitaba procesar lo que acababa de experimentar. Necesitaba su lugar, su refugio para poder estar consigo misma.

Bajó del taxi avergonzada, no llevaba ropa interior y la blusa le marcaba las curvas de sus pechos. Por fortuna el viaje fue bastante corto. Cruzó la puerta de su casa, se encerró en el baño, llenó la bañera con espumas y sales. Le dio *play* al sistema de sonido y se sumergió. Luego de unos cuantos minutos dentro, y ya más relajada, decidió salir.

La casa seguía vacía, su marido no había llegado ni llamado. Fue hasta su habitación y sobre la cama vio algo que le llamó la atención: un regalo con un moño azul platinado. Era una caja. Curiosa, la destapó apurada, lo primero que vio fue una nota donde se leía: *"Para la puta más puta"*.

Debajo de la nota estaba su tanga o lo que quedaba de la pequeñísima prenda.

Comenzaron a temblarle las manos, sonrió nerviosa y dio vuelta la nota.

"A partir de hoy haré lo que quiera contigo, porque sé exactamente lo que te gusta. ¿Estás dispuesta a probar más?"

La nota la firmaba su marido, Mariano.

Leticia se sentó en la cama y, con la cartita en la mano comenzó a reírse, suelta, como loca, liberada y feliz.

Juan Carlos Esquivel

México

Nació en Ciudad Juárez, Chihuahua, al norte de México, en 1971. Publicó en 1988 *Jacaranda*, una novela por entregas en la sección "La Obra", del periódico *El Fronterizo*. Su trabajo literario se ha publicado en dos antologías: *Norpaisaje, Antología del taller literario del INBA en Ciudad Juárez*, y en *Dosis Letradas*, antología para celebrar los 35 años de la Universidad Autónoma de Ciudad Juárez (UACJ). Fue seleccionado para participar en el Segundo Virtuality Literario "Caza de Letras", organizado por la UNAM y Editorial Alfaguara. Ha publicado también en las revistas *Blanco Móvil, Semanario, Paso del Río Grande del Norte* y *Arenas Blancas*, de la NMSU. Finalista en 2007 del Primer Concurso de Relato Corto "Rodeo de Palabras", organizado por *Periódico Expresso* de Hermosillo, Sonora; finalista en 2014 del Segundo Concurso Internacional de Relatos Pecaminosos Contacto Latino, y en 2015 del Tercer Concurso Internacional de Relatos Pecaminosos Contacto Latino, ambos de Pukiyari Editores, Estados Unidos.

Frontera censurativa

Don Luis Duval y Oseguera tenía lo que se llama don de mando. Pudo haber aprendido el ejercicio de la autoridad durante los primeros años de vida, pero en su caso, también lo habría mamado de sus ancestros, hacendados y logreros de la Revolución que conformaban su genealogía. Desde muy joven ocupaba la presidencia y dirección general de Grupo Financiero BanAcción, puesto heredado de su padre.

Paralelamente a su actividad bancaria, era publirrelacionista de un evento, una exposición empresarial y artística conocida como Frontera Creativa. Tanto en su empresa como en el evento empleaba su estilo dictatorial. Recurría al despido *ipso facto* y de mala manera, como en el sonado caso de Íñigo Dupeyrón, un joven escritor de pequeñas obras de teatro que había logrado cierta notoriedad; tanta, que su promotor lo invitó una vez a conocer personalmente a don Luis en su oficina.

Sólo existía un problema: sus obras eran fuertes, rayanas en lo pornográfico. La obra que representó en Frontera Creativa fue tan grosera, que don Luis ordenó vetar a Íñigo de por vida en otros eventos culturales.

Pero no sólo Íñigo quedó resentido con el banquero. Incluso sus empleados detestaban su impulsividad, su falta de tacto, esa inhumanidad tan humana. Su propia familia le temía más que lo que le amaba, aunque siempre aparecieran sonrientes y orgullosos en las notas de sociedad de los diarios.

Lo anterior no significa que don Luis fuese un ogro, aun cuando la imagen de la Virgen de Guadalupe, en relieve al frente de su escritorio de roble, provocaba más temor que ternura. Militante fundador del Partido Sinarquista y devoto católico, en ocasiones hacía escala en algún sitio que ofreciera diversiones más mundanas; como aquella mansión en el Solar de la Paloma, cuyos grandes jardines, altas bardas y gruesos muros escondían una especie de burdel. Ahí, las mujeres podían bailar para los clientes, cantar, tocar algún instrumento o declamar un poema, pero tenían prohibido desnudarse totalmente. Siempre que iba al lugar, desfilaba ante él una colección de nacionalidades: una morena de Barbados, una venezolana, una europea, una estadounidense y, por supuesto, mexicanas.

Fue ahí donde conoció a Aitana, una mujer alta y delgada, enfundada en un vestido largo, con escote en la espalda. Su cabello recogido en un chongo dejaba ver un cuello largo y delicado, del cual pendía un collar de cuentas redondas, como los que se usaban en los años veinte. Era de ojos grandes, negros, de cejas delgadas, y sus pómulos dibujaban su cara en perfecta armonía triangular con su barbilla. Su cuerpo esbelto recordaba al de las comadrejas. Cuando don Luis la vio, cantaba una canción de Melody Gardot.

Ninguna de las mujeres del lugar quedaría en desventaja frente a una *top model*, una actriz de Hollywood o una reina de belleza; pero el atractivo de Aitana era distinto: nadie podía competir contra el aire nostálgico de su figura, el aura de autoridad con que llenaba el espacio, la dulzura de su sonrisa y el misterio de su mirada.

Al verla, don Luis quedó impactado por el latigazo de la lujuria. Aitana todavía no terminaba su canción cuando el banquero pidió al gerente una cita con ella. La mujer aceptó el trato, con la condición de que el encuentro se diera en otro lugar.

Acudieron entonces a casa de ella, en una zona igualmente exclusiva. Ambos viajaron en la limusina de don Luis. A diferencia de las demás chicas, Aitana no poseía un apartamento, sino una casa. No tan suntuosa como el burdel, pero al fin y al cabo una casa. Al llegar, el banquero ordenó a sus escoltas esperar afuera.

Ya en el interior, don Luis tomó a Aitana por la cintura e intentó besarla.

—¿No le gustaría un masaje en mi recámara? —interrumpió ella.

Los ojos del banquero brillaron de lascivia. Al instante se aligeró de ropas y se acostó boca abajo en la cama, mientras ella se quitaba el vestido largo para quedar en corsé y liguero.

—Quítese la trusa, señor...

Don Luis obedeció. Aitana le cubrió el trasero con una toalla, luego vertió un poco de aceite sobre la espalda del empresario y deslizó por ella sus manos. Al verlo tendido en la cama, boca abajo y con los ojos cerrados, se preguntó cómo un hombrecillo como ese tenía tanto poder. Se fijó en sus facciones: la calva prominente, la piel morena clara de tono cenizo, los ojos saltones, las pestañas rectas y largas como pestañas de becerro; y facciones endurecidas, con cejas siniestras y bolsas debajo de los ojos. Recorrió los brazos manchados de lunares, enclenques, las piernas nervudas y los tobillos con varices. *Se parece a Mr. Magoo... pero más jodido.*

Aitana descubrió las nalgas planas y caídas del banquero.

—¿Quieres probar sensaciones nuevas?

Aitana secó entonces el exceso de aceite en las nalgas de don Luis y comenzó a pellizcarlas. De vez en cuando le daba alguna nalgada.

—¿Te gusta?

Don Luis sólo dijo que no estaba mal, y preguntó cuánto tiempo iban a seguir así. Aitana lo invitó a calmarse, a tener paciencia, mientras sacaba de abajo de la cama un aditamento especial.

Dio entonces a don Luis un fuerte fustazo.

—¡Ay, hija de la chingada! ¿Qué te pasa?

Aitana retrocedió, sin decir palabra, mientras el hombre se levantaba violentamente de la cama.

—¿No quieres que te alivie el golpe? Puedo untarte saliva, como se hacen los gatos...

Don Luis dirigió una mirada de enfado a la mujer, se vistió y abandonó la recámara. Sus empleados lo vieron enfurruñado al salir de la casa, pero no hicieron preguntas.

***

A la mañana siguiente, don Luis despertó más temprano que de costumbre. Silvia, su esposa, yacía a su lado, recostada sobre su flanco derecho, su cabello rubio platinado se extendía como cola de zorra. El banquero se levantó con el mayor tiento del que fue capaz, pese a que el roce de las sábanas lastimaba el fustazo. Una vez de pie, miró a su mujer: dormía plácidamente. Entonces caminó hacia el baño. Tras desvestirse, pasó la yema del dedo sobre la marca del golpe, rozándola apenas. Sintió el ardor en su dermis lesionada. Ya desnudo, se metió a la regadera y, mientras se duchaba, comenzó a masturbarse.

***

Días después, don Luis Duval y Oseguera volvió al burdel. Iba dispuesto a acusar a Aitana con el gerente; pero sus intenciones terminaron por diluirse al verla en el centro de la pasarela. Cantaba otra canción de Melody Gardot.

El empresario no quiso esperar. Solo pagó el permiso de salida para llevársela.

Pero en casa de ella sí tuvo que hacerlo. Mientras Aitana se cambiaba de ropa en una habitación aparte, don Luis permaneció vestido en la recámara, expectante. Al cabo de algunos minutos entró ella, vestida con una gabardina que la cubría hasta los tobillos. Su mirada era dura.

—Arrodíllate.

Don Luis obedeció.

—Pídeme perdón por la escenita del otro día.

El hombre titubeó, dubitativo.

—Repite después de mí: «Perdón…».

—Perdón, Aitana.

La mujer extendió su diestra. Sus dedos estaban crispados.

—Se dice: «Perdón, señora…».

Don Luis comprendió el juego de la mano adelantada, y repitió lo dicho por Aitana, antes de besar los dedos de su mano.

—Así está mejor.

Y entonces recibió una bofetada. Don Luis no bien hacía un gesto de sorpresa cuando recibió otra. Apenas pensaba en replicar cuando Aitana ordenó:

—Quítate la ropa.

Entonces dio un paso hacia atrás y abrió su gabardina. En el bolsillo traía ocultos un collar de perro asido a una cadena, y una fusta en un compartimiento tras la solapa. Al despojarse de su pesada prenda quedó al descubierto su figura, erguida sobre unas plataformas negras, un *short* de cuero ceñido al cuerpo, y muñequeras con remaches.

Don Luis terminó de desnudarse en el suelo, sin levantarse. Apenas se arrodillaba cuando Aitana le colocó el collar. Casi se fue de bruces por el tirón que ella dio a la cadena.

—¿Me deseas?

Aitana lo hizo gatear tras ella. En un momento, se detuvo.

—Bésame los zapatos.

Don Luis agachó su cabeza y, con timidez, besó un tobillo de Aitana, quien, en señal de desaprobación, descargó en su espalda un golpe con la fusta.

—Dije: los za-pa-tos…

Don Luis debió besar la piel del calzado de Aitana, quien después lo jaló por la cadena para hacerlo gatear otra vez por la alfombra hasta su habitación favorita, "la mazmorra", donde unas velas aromáticas atenuaban la oscuridad de la pieza. En ella, ordenó al banquero que se acostara en el suelo y ató sus manos a una columna. Entonces se quitó el corsé transparente, y comenzó a jugar con don Luis. Amagaba con besarlo, hacía cosquillas en sus axilas o acercaba uno de sus pechos a los labios del banquero.

Cuando el hombre estuvo bien excitado, Aitana se descalzó. Don Luis imaginó que todo eso era el preámbulo del acto sexual.

—¿Y qué dijiste? «Ya se me hizo», ¿no?

Lo que siguió fue una dura patada en los testículos. Y luego otra. Después un pisotón. Don Luis flexionaba las piernas para cubrirse, trataba en vano de liberarse de las ataduras. Aitana recogió de la mesa una fusta, y empezó a golpear los muslos del banquero; tres, cuatro, cinco veces…

—¡Ya estuvo!

—¿Te gusta, perro? Di la palabra y tu sufrimiento acabará.

…seis, siete…

—¡Ya!

…ocho, nueve…

—¡Esa no es, cabrón! ¡Di la palabra!

—¡Basta! ¡Alto! ¡*Stop*!

…diez, once…

—¡Dila!

Entonces don Luis no pudo más:

—¡Pues dime cuál es la pinche palabra!

Aitana se detuvo al instante, con la fusta en alto, lista para blandirla una vez más. Luego bajó el brazo, lento, mientras recordaba que no habían acordado ninguna palabra de seguridad.

—No lo olvides: para la próxima, la palabra será «piedad».

Entonces desató al banquero.

***

Días después, en su recámara, don Luis amaneció "ganoso". Vio a su esposa, la forma en que el cobertor subía y bajaba por su cadera, el hombro que asomaba libre de las ataduras del camisón. Comenzó a tocarla.

Ella despertó un tanto sorprendida, aunque casi de inmediato correspondió a sus caricias. Se besaron y tocaron durante algunos minutos, hasta que, ya casi desnudos, a don Luis se le ocurrió tomarla por el cabello y darle una suave bofetada. Silvia se separó de él con brusquedad.

—Estás loco, cabrón.

Y regresó el golpe.

***

—Alguna vez Carlos Fuentes dijo: «El español es el idioma que, fonéticamente, expresa de una manera más fiel lo que quiere decir».

Aitana no sólo cantaba jazz y era una virtuosa de la guitarra, además era una amante de la lectura.

—Estoy de acuerdo con eso, pero el inglés también tiene lo suyo.

Don Luis se hallaba de pie, desnudo y en silencio, con los brazos en alto, atados a dos grilletes suspendidos en el aire.

—Un ejemplo es la palabra "latigazo". ¡Adoro esa palabra en inglés! Se compone de *whip*, que significa "látigo"; y si te fijas bien, es el sonido que hace cuando corta el aire. También se compone de *plash*, que es el sonido de su golpe… ¡*whiplash*!

Aitana descargó el primer golpe onomatopéyico sobre la espalda de don Luis. El banquero, lejos de inmutarse, pareció disfrutarlo.

Llegó el segundo golpe. Y el tercero. A don Luis le temblaban las piernas, pero se sobrepuso al dolor. Quería resistir. Sabía que entre más fuertes fueran los golpes, más los disfrutaría.

Whiplash.

—Así que te crees muy chingón, ¿no?

Whiplash.

—Dime: ¿te gusta lo que te hago?

–Sí, señora…

Whiplash.

—¿Qué se siente ser tratado como la mierda que eres?

Whiplash.

—¡Ay! Se siente muy bien, señora…

Whiplash.

—Con que muy guadalupano, ¿no?

Whiplash.

—Muchos donativos, deducibles de impuestos…

Whiplash.

—La Virgen esculpida en tu escritorio…

Whiplash.

—Pero a tus empleados les pagas una baba…

Whiplash.

—Crees que el cielo se puede comprar, ¿verdad, *derechairo* pendejo?

—No, señora.

*Whiplas*h.

—¡Cómo no, cabrón!

—¡Ay! Sí, señora, sí.

—Muchos golpes de pecho y medallitas que te quitas a escondidas cuando vienes conmigo, con la esperanza de coger. ¿Por qué habría de coger contigo, hijo de la extrema derecha? ¿"Por Dios y por la Patria"?

Whiplash.

—¡Ay! No señora… lo haríamos porque te amo.

Por un instante, Aitana se detuvo, presa de una repentina ternura. Conmovida.

Pero el efecto pasó pronto.

—¿Sabes qué? No mames.

Whiplash.

—Es cierto, señora… te amo… No aguanto más.

Aitana se preparó para dar un nuevo golpe.

—¡Piedad! —gritó al fin don Luis. Su cuerpo pendía de las cadenas.

—Así que me amas, ¿eh? Vamos a ver si es cierto.

Aitana sacó de un baúl otro juguete, lo ató a su vientre con un arnés y lo mostró al viejo. Era un *strap on*, negro, de tamaño descomunal que a don Luis le pareció todavía más grande al verlo, como si se lo hubiesen mostrado con un lente de gran ángulo.

—Ve nomás, cabrón, lo que te vas a tragar.

¿Cómo era posible que esa mujer refinada, esa *escort* elegante que lo había cautivado con canciones de Melody Gardot, de pronto se expresara en un lenguaje tan vulgar?

Don Luis no tuvo tiempo de asimilar su desencanto. El monstruo negro de plástico comenzó a abrirse paso poco a poco dentro de él, sin lubricante. Sintió cómo esa superficie, fría como serpiente, parecía arrancarle pedazos de piel del culo a fuerza de una lenta aunque firme fricción. Creyó que el glande artificial lo partiría en dos cuando terminara de entrar, y que de seguir avanzando le enderezaría los intestinos.

Y cada vez que rozaba su coxis, imaginaba ser un toro y que Aitana era un matador que "pinchaba en hueso".

Fueron varios minutos, no supo calcular cuántos, los que tuvo que soportar el dolor de esa violación. Sus pies se entumecieron, las piernas flaqueaban, las rodillas se movían contra su voluntad a cada embestida: a la derecha, a la izquierda, hacia afuera y hacia el centro; como si estuviera bailando el "aserejé". Cuando Aitana aceleró el ritmo, el viejo volteó a verla con timidez y una mirada desfalleciente en sus ojos de becerro: tenía ella las cejas arqueadas, los ojos muy abiertos y sus dientes superiores mordían el labio inferior, en una mueca demoniaca acorde a la saña con que lo ultrajaba.

—Ahora sí… Dime que me amas.

Pero el viejo no podía hablar, estaba a punto del desmayo. Casi sucumbía al castigo cuando, de pronto, todo cambió. Sintió que la frecuencia sublimaba la dureza. El dolor no sólo se hizo soportable, sino que desapareció. La extensión en el cuerpo de Aitana seguía lacerando su intimidad, pero don Luis ya estaba acostumbrado a ella, había dejado de afectarle. Comenzaba una nueva sensación, un ascenso hacia alturas jamás antes visitadas. No era sólo una exaltación del placer, sino de los sentidos, de las emociones incluso, algo que deseaba no tuviera fin; un éxtasis que lo hizo olvidarse de todo: su esposa, su oficina, el Partido, su parroquia, los latigazos, el entumecimiento y hasta el "aserejé". Su entrega fue completa, entornó los ojos hasta ponerlos en blanco y lanzó un gemido feminoide. Supo que estaba cerca el destino de su viaje, el clímax, el culmen.

Fue tanto el gozo de don Luis, que perdió el control de su esfínter y entonces...

—¡Iiiuuuuuggghh! ¡Qué asco! ¡Mira nada más cómo dejaste mi *strap on*!

El viejo se desplomó como un muñeco desmadejado, sus manos aún atadas a las cadenas del techo, colgaba como si fuera un eslabón más. La sensación de gozo lo abandonaba poco a poco, como el efecto de un anestésico, y volvía la sensación de dolor en el ano recién distendido. Con un hálito de fuerza y párpados temblorosos volteó a ver a Aitana: el consolador estaba recubierto por una sustancia café que escurría en grandes gotas del mismo color, como si lo hubieran pasado por una fuente de chocolate.

—¡Te *veniste* en caca!

Don Luis aprendió ese día que el roce en las terminales nerviosas y el brutal estímulo a su próstata, habían provocado una "diarrea del placer".

—¿De plano no pudiste aguantarte? ¡Viejo cochino!

Aitana liberó las manos del banquero, quien al verse libre se acurrucó en un rincón adoptando una posición fetal, avergonzado por haber ensuciado el aditamento de Aitana quien, quitándose el arnés, contemplaba con enfado el accidente escatológico. Don Luis sintió de pronto que era pequeño, mucho muy pequeño, infinitesimalmente pequeño.

—Píntale a la verga de aquí.

Pero don Luis no hizo caso. Seguía extrañado, tanto por lo que acababa de vivir, como por el lenguaje soez de Aitana. Ella tomó el *strap on* desde la base donde se unía al arnés y, sin importarle la suciedad, lo empuñó contra el viejo.

—¡Que te largues, te digo!

Don Luis tuvo que mal vestirse bajo una andanada de *consoladora-zos*. Con cada uno de ellos, la caca salpicaba por todos lados. Su estado lastimoso sorprendió a los escoltas cuando lo vieron salir, pero el silencio ante los cuestionamientos sobre su condición los hizo comprender que su patrón no quería hablar del asunto.

Mientras tanto Aitana, habiendo limpiado los restos de excremento en su *strap on* y las salpicaduras en las paredes, corrió a la mazmorra a revisar unas cortinas traslúcidas, tras las cuales se escondía un diminuto ojo rojo, indicio de una cámara de video que grabó la escena.

***

Cuando recibió el primer sobre con fotografías comprometedoras, don Luis se sintió decepcionado de Aitana. Casi al mismo tiempo recibió una llamada en la que ella imponía sus condiciones para no filtrar el contenido de esas fotografías ni el de un video. Mientras la escuchaba, surgió en el banquero un pensamiento, una revelación a manera de interrogante: si nunca había visto a Aitana antes de aquella primera vez en el burdel, y mucho menos en la oficina, ¿cómo supo de la Virgen esculpida en el frente de su escritorio? Recordaba muy bien la alusión que hacia ella había hecho Aitana mientras lo castigaba con el látigo. Entonces la interrumpió para preguntarle quién era en realidad.

—Mi nombre es Aitana… Aitana Dupeyrón. Soy hermana de Íñigo Dupeyrón, aquel dramaturgo que vetaste en Frontera Creativa.

Su primer impulso fue denunciarla, destruirla, refundirla en la cárcel. Y lo habría hecho, de no haber aminorado su ímpetu vengativo con el paso de los días. Además, no quería exponer a su familia, ni exponerse él a un escándalo que pudiera repercutir en su reputación.

Por eso, no sólo accedió a recomendar ampliamente a Íñigo Dupeyrón en las actividades de Frontera Creativa, sino que incluso creó un fideicomiso a favor de su hermana, esto último con la condición de no filtrar los videos al público. Pero junto a las condiciones de ella, por parte de don Luis había un par de peticiones más poderosas aún: seguir sesionando en la mazmorra… y que Aitana siguiera usando el *strap on*.

Y es que los encuentros en casa de Aitana se volvieron una necesidad. Don Luis en verdad se había enamorado de ella. La quería tanto como a su familia, aunque con una diferencia: mientras a su esposa e hijos los amaba a su modo, a Aitana la amaba al modo de ella.

Martha Valiente

Uruguay/Argentina

Nacida en Uruguay y radicada en Buenos Aires, Argentina, en 1975, es una rioplatense más sobreviviente de las crisis endémicas que afectan a la región, tanto en lo social como en lo político y económico. En el año 2001 emigró a España de donde regresó para afincarse definitivamente en el agridulce país que le robó el corazón hace tantos años, Argentina.

Algunos libros publicados:

"Ángel y Misterio" (1990), "Como el olivo /Canción para Ani" (1998), "Devocional" (2002), "Montuiri a deux veus" (2004). Los dos últimos poemarios fueron editados en España y presentados sucesivamente en Palma de Mallorca y en Buenos Aires.

"Sólo para tus ojos" (2010) y "Todo sobre mi hija" (2015), relatos. Ambos libros obtuvieron primeros premios en concursos de Editorial Dunken y Fundación Victoria Ocampo, respectivamente.

En 2011 publicó "Las primeras personas", su primera novela. En julio de 2016 culminó la redacción de "El loco o el arte de patinar entre tormentas", su segunda novela, todavía inédita.

Desde 2006 coordina "Palabrapuente", taller de creatividad a través de la escritura, donde intenta conciliar su amor por la palabra escrita y la buena literatura con la docencia puesta al servicio de otros "caminantes" en el infinito territorio del arte.

Fetichismo

Al principio fue como un antojo. Me gustaban sus zapatillas deportivas. Me encapriché en mirarlas cuando subía la escalera, delante de mí. Pero muy pronto me di cuenta de que no solo era su calzado, sino la brevedad de esos pies tan armónicos que se continuaba en la delicada forma de sus tobillos. Y con las semanas seguí, sin proponérmelo, trepando con los ojos por sus pantorrillas. Usaba unos pantalones de franela que se le adherían al músculo al pisar cada escalón. Después, naturalmente, reparé en sus manos. Aunque más exacto sería decir que ellas se impusieron a mi vista con sus dedos de huesos pequeños pero nudosos, sus palmas apenas masculinas y sus muñecas delgadas, por donde el vello sugería la intimidad más remota de sus brazos.

No me animé a más por algún tiempo.

Por lo demás, nuestros encuentros nunca iban más allá de lo profesional, salvo cuando al servirle el café me acercaba demasiado a él y un ramalazo un poco agrio —su perfume, después de todo un día de ir y venir por el centro— me llenaba la respiración de golpe. Igual que una broma del viento primaveral que alza las faldas sin permiso, desordena los escotes, provoca suspiros y erecciones en los adolescentes; algo así como una ansiedad desflecada en el ánimo.

Así que enamorarse empezaba por eso… Lo recordé de pronto con el traqueteo de mi saliva que no atinaba a deslizarse por mi garganta al pronunciar su nombre. Me precipité desde entonces a subir la escalera por delante de él para impedir aquel mareo caliente que me embotaba al verlo andar, tramo a tramo, frente a mí, con sus pies adorables dentro del calzado que se les adhería como una lengua aceitosa alrededor del empeine, del talón, de la curva oculta de su planta.

Una tarde, era invierno, él llegó cuando ya la oscuridad se hacía plena. Por lo general venía más temprano pero ese día habíamos acordado el encuentro para las siete, por no sé qué inconveniente que alguno de los dos tenía. Justo al llegar al entrepiso se apagó la luz de la escalera y nos quedamos, de pronto, inmóviles. Él, supongo que por precaución, y yo, con el sentido vulnerado por los olores de su ropa y su piel. Estábamos muy cerca; tropezó y se resguardó con las manos abiertas sobre mis piernas. Sobre mí aleteó el borde de su abrigo abierto y una oleada de su calor me golpeó en la cara. Me aparté con brusquedad; él se alarmó, previendo una caída y, al intentar sostenerme, me retuvo con fuerza. Casi imprudentemente.

Alguien, un vecino, encendió la luz. Y el pasillo volvió a ser inofensivo.

Desde esa tarde evité los encuentros tardíos, alerta a poner buena distancia entre nosotros cuando subíamos por la escalera cada lunes, que era el día pautado para vernos.

Nuestro trabajo en común consistía en la corrección de su obra, tarea que, pese a mis turbulencias íntimas, avanzaba a un ritmo conveniente. Habíamos consensuado revisar un capítulo por mes hasta ponerlo a punto en todo: sintaxis, secuencia, testimonios; además, él deseaba pulir exhaustivamente los datos históricos y enlazarlos en un ensayo fluido y atrayente. Aunque le faltaba el entrenamiento que da la práctica profesional, que era lo que yo aportaba, el estilo general de su libro —acaso justamente por eso— era espontáneo, con la aparente sencillez de un lenguaje que era, sin embargo, producto de su perseverante empeño.

Cuando llegaba, nos dábamos la mano. Yo insistía en resguardarme en esa distancia absurda pero, después de una tarde más ardua que de costumbre, mi alumno se despidió oprimiendo mi mano con un afecto agradecido que venció mi voluntad. Y aunque no surgiera de mí la iniciativa, tampoco me aparté cuando él, natural y ajeno a mi obsesión, me besó en la mejilla al llegar el lunes siguiente.

Así seguimos, un mes o dos. El tiempo solo me preocupaba por la rapidez alarmante con que, tras cada encuentro, se me imponía la ansiedad por volver a verlo.

La corrección de su ensayo, no obstante, progresaba. Puse mi empeño al servicio de un cálculo geométrico de lo que consideraba una segura distancia profesional, aunque él se brindaba cada vez más cordial que correcto, más cálido que atento, más amigo que alumno. Lo divertía mi formalidad; reía y su risa pulverizaba toda prudencia de mi parte.

Después, como al pasar, empezó a contarme anécdotas sobre su jornada de trabajo. Muy despacio la ambigüedad fue dando paso a la confianza; fluía aquella nueva intimidad como un aroma tenue y era una melodía de fondo que resbalaba sobre la mesa y giraba indeleble en torno a ambos. Y que persistía, en la casa, durante el otro tiempo, el de los días en que él no estaba.

También yo me animé a abrir resquicios, lo reconozco. Tal vez necesitaba que me viera, que me asumiera como su par, acaso. Aún me defendía, así que no di demasiado. Y eso que él empezaba a sentarse más cerca, a acomodarse en la silla con las piernas abiertas, oprimiendo los flancos del asiento como si cabalgara y los pies —*aquellos* pies— curvados y tensos sobre la alfombra que quedaba, luego, hundida con una huella más profunda. Llegué a adorar esas marcas.

Apareció una tarde con una caja de té verde de regalo; y dos semanas después, con una tarta de manzana hecha por él. Le gustaba cocinar, confesó, pudoroso, y agregó tímidamente: «Hoy es mi cumpleaños». Correspondía agradecer el gesto y lo abracé, con miedo a revelar demasiado. Fue un encuentro arriesgado; preparé el té y el trabajo avanzó a tientas entre sorbos y bocados que no me permitían distraerlo con la cháchara docente de tantas veces. Y nos miramos más.

Empecé a notar que solía quedarse colgado, de pronto, de cualquier frase mía, o que, distraído, no atinaba a responder a mis comentarios, como antes. En cambio, su mirada resplandecía, alerta. O, por el contrario, esquivaba mis ojos durante la hora entera. Y un día, al despedirse, me besó en la mejilla con un beso más hondo que quedó viboreando en mi piel no sé cuánto tiempo, como un presagio ingrato.

El lunes siguiente me llamó por teléfono temprano y me dijo que no vendría. Estaba enfermo; le escuché la voz triste y penosa. Rara. No parecía él. Cuando corté, me faltaba el aire.

Los días de la semana se fueron entre tareas astutamente impuestas para distraer el dolor y viejas oraciones, recursos olvidados que usaba como invocación para que él volviera cuanto antes. No me importaba nada más. (En algún momento, sin embargo, llegué a pensar que lo más prudente sería, justamente, que él se hubiera percatado por fin de aquel íncubo que crecía cada semana, amenazante como una enfermedad exótica).

Pero mi alumno volvió, como si nada, una semana después. Un poco más pálido, sí. Lo intuí también, o lo imaginé, más callado. Llegó con unas zapatillas nuevas, de un color liviano, más azul que ceniza, que se le ajustaban al pie como un abrazo de terciopelo. Por lo demás, era el mismo.

Fue al promediar septiembre que empecé a soñarlo. Nunca he sido capaz de recordar mis sueños, salvo durante esa primavera que se anunciaba, en cada madrugada, con sudor y palpitaciones. Durante muchos minutos, en la oscuridad, revivía las imágenes oníricas en las que mi alumno volvía a ser protagonista absoluto. Tan pronto lo soñaba en un trance apasionado que humedecía mis sábanas, como en un rechazo violento lleno de descalificaciones. No importaba el argumento; me ahogaba en latidos desordenados y terminaba por escapar de la cama, como si me abrasara.

Mientras, nuestra tarea se acercaba velozmente a su final. Parecía que, tras aquella ausencia de pocos días, él hubiera ganado impulso. Ninguna de mis correcciones era capaz de poner freno a aquel ritmo: me escuchaba, hasta diría que se mostraba atento, pero no respondía a mis observaciones. Una inquietud difusa le hacía vibrar las piernas que yo espiaba por debajo del cristal de la mesa de trabajo. Lo notaba, en esa contención intensa, más maduro, como si hubiera crecido en aplomo. A veces, también, le adivinaba en la sonrisa un dejo de suficiencia irritante que flotaba en el silencio con un no sé qué de pedantería. Como si me dejara opinar, condescendiente, solo para hacerme un favor.

Aunque hacía mucho que me tuteaba, recién entonces se diluyó esa cierta cualidad de reserva que había confirmado su respeto hacia mi profesionalismo. Hasta llegó a parecerme vulgar su manera de repetir mi nombre, machacando con él en mitad de cualquier frase, innecesariamente, como un latiguillo infantil y burdo.

Aquello duró poco tiempo. Algo mucho más riesgoso se abrió paso en su lugar.

Suponiendo que no lo veía, fijaba en mí su atención obsesiva, casi dolorosamente. ¿Cómo podía yo dejar de notarlo, de claudicar en cada detalle suyo, de comparar el azul de su calzado con el de sus ojos aguados, de conmoverme ante la inquietud de sus pies? ¿Cómo no notar que sus muslos se tensaban bajo la liviana tela de sus pantalones, o que le sudaban las manos…? Mientras, para aliviar la intensidad de aquella mirada puesta sobre mí, yo insistía en repasar en voz alta, cada nueva página de su trabajo, lunes tras lunes.

Lo veía recoger sus papeles con renuencia, cuando llegaba el fin de cada encuentro. A regañadientes, salía de casa y bajaba la escalera, adelantándose. Detrás, yo aspiraba el perfume tierno de mi alumno, recorría con mirada impotente su espalda apenas cubierta por la sutil ropa de la estación, mientras él apuraba el paso, enfurruñado. Entonces yo descendía con la vista hasta sus pies, aquel doble fetiche que me obsesionaba, como si pudiera digerirlos y nutrirme de su imagen durante los siete días por venir.

Todo empeoró con el verano. Mi alumno insistió con un cambio de horario que no pude negarle y así, llegaba cuando oscurecía y yo me precipitaba por la escalera, pronta a ganarle a las sombras frente al interruptor del entrepiso. Los anocheceres eran casi frescos y el aire delicado que entraba por la ventana abierta aumentaba la amabilidad de nuestra tarea.

(Yo, alerta al término de su ensayo, había propuesto un apéndice, nada más que para postergar la separación. Aunque lo sabía innecesario, no me esperaba la contundencia de su negación. Y una vez más, me asombró aquella firmeza apenas nacida en él. Algo en mí se regocijaba con su progreso, con un orgullo a la vez impregnado de ansiedad).

Durante esos últimos encuentros, se oían las voces de los vecinos preparando la cena y nos llegaba su intimidad en frases sueltas, incoherentes, cargadas sin embargo del dulce letargo de la hora. Nos acostumbramos a interrumpir la lectura o los comentarios para comer algo, solíamos llamarlo un "tente en pie", esa expresión antigua que yo recordaba de mi infancia, y que a él lo divertía. Me ayudaba en la cocina a acomodar los vasos y la jarra de agua en la bandeja, mientras yo habilitaba los bocadillos de cualquier cosa que hubiera dispuesto para la ocasión, o que él mismo hubiera traído en previsión del momento. Después, relajado, solía comentar acerca de su día de trabajo —que detestaba— pero también de sus angustias personales. Tenía una relación conflictiva con su pareja, a la que intentaba dejar desde hacía tiempo. Y una noche de esas, ronco de repente, me habló de su ruptura, con un gesto amargo y los ojos dolidos. «Es definitivo», dijo.

Recuerdo que había levantado viento, uno de esos aires que enfrían de pronto las noches del verano. Me estremecí y me apuré a cerrar la ventana. Él estaba cerca, trémulo todavía por las palabras que habían quedado revoloteando como insectos ciegos. Insistí en volver a la lectura, intentando desentenderme de su tristeza, de la soledad que proclamaban aquellas escasas frases, vertidas como al acaso entre un bocado y otro. Creo que él me lo agradeció, vi que se apartaba el pelo de la frente de un manotazo y respiraba hondo frente a sus apuntes, aliviado. Al volver de la cocina, adonde había devuelto la bandeja, la lámpara brillaba sobre su figura inclinada sobre la mesa, iluminando la espalda ancha hasta la hondura insinuada en sus caderas. Sus pies, estirados bajo la mesa, parecían dos animales domésticos.

Llegó el día. Yo había enfriado una botella de vino blanco pero mi alumno se impuso con una de *champagne* y dos copas que compró especialmente para la ocasión.

Nos habíamos dedicado a pulir aquel último párrafo inflamados por la anticipación de la despedida. Disimulando mi tristeza como pude, alcé mi copa para el brindis y leí en voz alta:

"... a la castración social sutil pero aún vigente, se impone la toma de conciencia de nuestra minoría para que, haciéndonos cargo con madurez de responsabilidades y derechos, podamos llegar a integrarnos como un todo, sin discriminación, revanchismo ni resentimientos, dentro de una cultura que, solo en unidad, podrá marcar una diferencia cierta y, por tanto, sostenible".

Bebimos en silencio, parecía un ritual. El libro estaba concluido y ahora se superponía, a la satisfacción de la tarea terminada, ese vacío que suele nacer en el creador cuando la obra se libera de golpe de nuestra tutela. Yo adivinaba todo aquello en su mirada melancólica, por haberlo experimentado antes, más de una vez. La noche nos rodeaba como una enredadera que se estuviera marchitando de pronto; sus tallos amarillentos, enflaquecidos, se deshilachaban entre nuestras manos.

Más tarde, bajamos la escalera con paso incierto; habíamos bebido demasiado. Mi alumno arrastraba los pies y yo, detrás, escuchaba el sonido que se me había hecho entrañable de su calzado azul y terciopelo. Ansiaba tocarlo, recoger la ofrenda fugaz de esa piel que se me escapaba. No pude contenerme y lo rocé, apenas, con una mano sobre su espalda. Entonces él se dio vuelta, ya en la entrada, y me miró con los ojos extraviados. «Por favor», murmuró, «solo esta vez».

Y antes de que pudiera defenderme, me besó en la boca.

Después salió a la calle. Yo me quedé a oscuras, inmóvil, detrás de la puerta cerrada.

Hace poco recibí por correo una encomienda de mi alumno; me hacía llegar un ejemplar de su libro junto a la invitación oficial a su presentación. De acuerdo con mi pedido, solo figuro como asesor literario en uno de los agradecimientos de rigor, que pocos leerán, seguramente.

La tarjeta es transgresora, como corresponde. La fecha para el evento coincide con el aniversario de la Asociación de Trabajador@s Sexuales de Buenos Aires, de la que el autor es miembro fundador. La ocasión se anticipa como acontecimiento cultural, en el que participarán también otras minorías igualmente en lucha por sus derechos.

Me detuve en la contemplación del libro, con la satisfacción justificada del mentor que asiste al triunfo del discípulo selecto, del elegido del corazón. Lo dejé, aparte, sobre la mesa donde ambos habíamos trabajado durante cuatro estaciones, a sol y sombra.

Abrí la caja que lo acompañaba, llena de presentimientos. Y allí estaban las zapatillas, medio estropeadas a fuerza de caricias, con su azul desteñido por los besos, tal como quedaron aquella noche cuando, decidido por fin, salí a la calle detrás de mi alumno y lo arrastré luego, escaleras arriba, hasta mi cama.

Diego Niño

Colombia

Bogotá, Colombia, 1979. Autor del blog *Tejiendo Naufragios* del diario *El Espectador* y columnista del portal *Panorama Cultural de Valledupa*r. Ganador del Primer Concurso Literario Guillermo Meneses y de las maratones de cronistas de Rock al Parque y de La Semana por la Paz.

Atraco

Caminaba a las once de la noche por una calle 68 desolada, sin buses ni personas que deambularan por sus alrededores. Crucé frente al Olímpica (antiguo Febor), la carrera 50 y la bomba frente al Colegio Obrero. Dos cuadras adelante, frente al billar Maracaná, vi dos tipos (uno alto y otro gordo) que se acercaban con el visaje de los atracadores. Me detuve, di media vuelta para correr, pero me encontré frente a un hombre que me apuntaba con un revólver.

—¡No deje ir al muñeco! —gritó el alto.

—Todo bien —respondió el del revólver con una voz arenosa que trajo recuerdos lejanos.

—¿Yesid? —pregunté azarado.

—¿Qué?

—¿Estudió en el Jorge Eliecer a principios de los noventa?

Ahora el asustado era él.

—¿De qué me habla? ¿Quién es usted?

—Motas, Güevón. ¿No se acuerda de mí? Estudiamos en el Jorge Eliecer.

Apretó los ojos, me contempló de pies a cabeza, soltó una carcajada y le dio un golpe en la espalda al gordo.

—Este ñero tenía un afro ni el hijueputa.

—Una mecha a la que no le entraba ni el trinche —afirmé con la algarabía de quien se salvó de un atraco.

En el colegio Yesid me llevaba en la buena porque fui de los pocos que le hablaba a pesar de que alardeaba de pertenecer a una banda de apartamenteros. Hicimos algunos trabajos de física juntos y creo que alguna vez lo metí en uno de química. Los recuerdos se hacen difusos a esta altura de la vida. Lo que sí recuerdo claramente, como si hubiera sucedido ayer, fue su último día en el colegio: algo le dijo Martha Luz(cifer), la profesora de física. Alegaron hasta que Yesid le gritó que se cuidara, que la apuñalaría a la salida de clases. La miró con odio y se fue dando un portazo. A partir de ese momento se transformó en leyenda:

que lo vieron mendigando en las calles, que estaba preso en el Barne, que era policía.

—¿Es verdad que estuvo en la policía? —le pregunté mientras caminábamos por el barrio San Fernando, en busca de una tienda.

—Sisas.

—¿A lo bien...? ¿Qué hacía?

—Lo mismo que hago ahora, pero con seguridad social —soltó una carcajada que siguió Boti (el gordo) y después Tres Leches (el alto).

Mientras reían, recordé al adolescente que se inició sexualmente en prostíbulos y que fanfarroneaba de ser el que conocía todas las vueltas de los bajos fondos. Yo, en cambio, no era más que un muchacho indisciplinado que cometía travesuras inocentes: saltar la barda, entrar borracho a clase, quemar un salón. Y lo seguí siendo en el ejército y en los años posteriores. Él tuvo una vida que lo llevó a todos los círculos del infierno hasta que nos encontramos en el último: él como atracador y yo paladeando un despecho que me empujaba a caminar en las noches de insomnio.

Llegamos a una tienda con bolsas de agua en el techo, sábila detrás de la puerta y butacas de cuerina con armazón de hierro. El lugar estaba desierto. Yesid golpeó la mesa con la palma de la mano, pero no se escuchó nada. Manoteó la vitrina. Nada. Se inclinó para ver dentro del local hasta que emergió un anciano con los ojos rojos, cabello desordenado y pasos arrastrados.

Pedimos una botella de aguardiente y una cajetilla de cigarrillos.

—Fuman afuera —ordenó el señor con una autoridad que ni Yesid se atrevió a contradecir. Al contrario, nos dijo muy serio:

—¡Ya oyeron!

No sólo lo oímos, sino que le hicimos caso: fumamos afuera del local a pesar de que llovía como si fuera el final del mundo.

A las dos de la mañana gustábamos el último trago de aguardiente. Yesid llevaba un rato callado, como si rumiara una idea.

—Aguanta. —Señaló con el mentón un Renault 18 estacionado en la acera de enfrente.

—Deberíamos ir donde las putas —murmuró el gordo como si reflexionara en voz alta.

—No me diga mi Boti que le dio mamitis —dijo Yesid y después lanzó una carcajada que hizo eco en la cuadra desolada. Boti y Tres Leches rieron hasta ahogarse.

Yo no entendía por qué les causaba gracia un chiste que ya era viejo para mediados de los noventa.

—¿Qué pasa mi Motas? ¿Por qué tan amargado? —preguntó Yesid poniéndome la mano en el hombro.

—Tengo sueño… me voy para la casa.

—¿Cómo así? ¿No se va de putas con nosotros?

—Gracias, pero no me interesa el plan. —Me levanté.

—¿Me va a hacer el desplante? —Se levantó con violencia. La botella vaciló sobre la mesa—. Diga. —Pegó su frente contra la mía, en la clásica postura de pelea entre ñeros.

Frente a la situación tenía dos opciones: pelear con un tipo que se ha dado trompadas desde los diez años o ir con ellos al burdel.

Así las cosas, susurré:

—No se ponga así, ñerito. Todo bien. Es más: pago el guaro.

Yesid rodeó mi cuello con su brazo derecho, me empujó hacia abajo hasta que mis hombros quedaron a la altura de su cintura y me frotó el cráneo con sus nudillos, como en los años de colegio.

—No les dije que Motas es un parcero —gritó—. Pague la cuenta mientras le hacemos la vuelta al Renault —me dijo al oído.

Abrieron el carro mientras yo pagaba la botella de aguardiente. Lo empujaron hasta la cuadra vecina, donde Yesid lo encendió cruzando los cables. Sus compañeros se sentaron atrás, dejándome el asiento de copiloto, que parecía ser un lugar privilegiado.

—¡Hijueputa! —gritó Yesid después de que me subiera—. Por eso no progresamos: esta mierda está seca; no tendrá ni un galón. —Señalaba el tacómetro en el que aguja del combustible pegaba contra el borde. Después me miró a los ojos—. ¿Es justo mi Motas?

—Todo bien: yo pago la gasolina —dije resignado.

Dos manos me pegaron en los hombros (Tres Leches en el hombro izquierdo y Boti en el derecho).

Tomamos la calle 68 a ochenta kilómetros por hora. Frente al Oxxo aceleró hasta el fondo. El Colegio Obrero, la carrera 50 y el Olímpica fueron tres manchones. Tomamos el puente de la avenida Quito con el motor rugiendo. Chillaron las llantas cuando tomamos la calle 66 y al final nos detuvimos en la carrera 19, a media cuadra de la calle 68.

—Motas, dele las lucas a Tres Leches para que le ponga gasolina al carro —ordenó Yesid.

Saqué un billete de veinte mil y se lo di a Tres Leches, quien agradeció con una sonrisa. Lo vi perderse por la carrera 19. Di media vuelta para buscar a Yesid, pero no encontré a nadie. Pensé que era buen momento para desaparecer. Tomé la esquina de la calle 68 y caminé hacia el occidente. A media cuadra sentí un golpe en el hombro.

—¿A dónde va? —preguntó Boti.

—Hacia el puteadero.

—Pero el chochal queda para el otro lado.

—¿A lo bien? Creí que era ese. —Señalé un burdel que estaba en la carrera 20.

Regresamos.

El lugar estaba desocupado. Al fondo se veía un grupo de hombres con saco de paño, camisa blanca y corbata ajustada. Parecían atendiendo clientes con palabras deliberadamente decentes. En la mesa vecina dos hombres de bigotes espesos, camisas abiertas y pechos peludos carcajeaban cada diez segundos. Diagonal bebía una pareja de muchachos, probablemente universitarios, a quienes se les veía la miseria desde lejos. Esa era la única mesa sin mujeres. A los bigotones los acompañaban jovencitas que se sacudían al ritmo de Richie Ray y Bobby Cruz. Los ejecutivos tenían un grupo de mujeres de faldas cortas y escotes profundos que se miraban la punta del cabello.

—Necesito una furcia para esta güeva —dijo Yesid dándome una palmada en el hombro. Giré la cabeza y me encontré con los ojos de una cincuentona que parecía la fundadora de las Hermanas Grises.

—¿Cristal estaría bien? —preguntó la mujer con el tono de una vendedora de Avon.

—¿Cuál es esa?

La mujer hizo un movimiento con las cejas que atendió una muchacha, casi adolescente, que se levantó de la barra y caminó hacia nosotros.

—Me parece perfec… —dije, pero Yesid me interrumpió:

—¿Ese gurre?

La mujer volvió a mover las cejas. La muchacha frenó, dio media vuelta y regresó. La cincuentona apretó los ojos, como si estuviera apuntando hacia un grupo de mujeres y después arqueó las cejas. Salió una prostituta de veinticinco años, diez centímetros más alta que yo, top de cuero, correa de taches y falda de encajes grandes y alborotados.

—¿La tiene en rubio? —preguntó Yesid.

La muchacha me tomó de la mano y me llevó por unas escaleras idénticas a la de las casonas de las novelas mexicanas. En el segundo piso tomamos el pasillo de la derecha y fuimos al último cuarto.

—Tienes cuarenta minutos para hacer lo que quieras —dijo la prostituta mecánicamente—. ¿Qué quieres hacer?

—Lo que sea —contesté mientras me quitaba la ropa.

La mujer contempló mi verga arrugada y apoyada contra los testículos.

—Eso se soluciona con mis amigos azules. —Señaló un blíster de sildenafil y una botella de agua—. Tómate dos para que te pongas como un riel.

—¿Dos? ¿No son muchos?

—¡Qué va!

La prostituta caminaba de un lado para otro mientras yo me pasaba los amigos azules con un trago de agua. Después vino hacia mí con pasos decididos.

—¡Qué grosera soy! Mucho gusto: Ámbar —dijo ofreciéndome la punta de los dedos. No sabía si quería que los apretara o que besara el dorso de su mano.

—Disculpa: ¿en este lugar todas las mujeres tienen nombres de geodas o de coníferas? —pregunté mientras apretaba sus dedos.

Me miró con ojos que interrogaban. Contempló mi verga que continuaba arrugada. Pensé en sus amigos azules intentando levantarla con la misma energía de los soldados norteamericanos que izaron la bandera en el monte Suribachi.

Se sentó en la cama, tomó mi miembro con el índice y el pulgar y lo dejó caer. Contempló el cuarto con desdén, tomó su cabello y examinó las puntas mientras me contaba que estudiaba enfermería a pocas cuadras del burdel y que era de un pueblo boyacense. Lo boyacense no se le veía por ninguna parte. Parecía, más bien, de la costa atlántica por la estatura y por un cuerpo que emanaba sensualidad a cada movimiento.

Minutos después, y contra todo pronóstico, la verga se levantó. Estaba enorme, imponente. Sin embargo, yo no sentía apetito sexual. Al contrario: tenía una suerte de incomodidad moral que me aguaba la fiesta.

Ámbar tomó mi verga y la masturbó con fuerza, casi con rabia. Sentí dolor, pero no placer. Después la introdujo en la boca y la chupó con una maestría que me hizo gemir.

Segundos después escuché la voz de Boti:

—Motas… güevón… lo necesita el patrón —fue un susurro. Quizás menos que eso. Por un momento creí que lo había imaginado. Ámbar ni siquiera dejó de chupármela.

—Ñerito, es por su bien.

Ámbar se detuvo.

—¿Qué le pasa a ese marica? —preguntó irritada.

—Espera —dije más irritado que ella. Fui hacia la puerta. Al tercer paso me detuve frente al espejo en el que se reflejaba mi erección. Parecía el gancho de un perchero. Quise colgar mi chaqueta para probar la resistencia de la verga, pero preferí abrir la puerta.

—El patrón manda decir que se meta al carro —susurró Boti.

—¿Cómo así?

—El patrón está haciendo una "vuelta" —no dijo "vuelta", sino que apenas movió los labios.

—¡Bacano! —Levanté el pulgar. Cerré la puerta. Di dos pasos, pero me detuve algunos segundos para reflexionar. Regresé. Boti miró a los dos lados y acercó tanto la boca, que tuve la sensación de que me iba a besar. Me agaché y giré la cabeza para que me hablara al oído:

—Vamos a robar a la Leti. ¿Me entiende?

—¿Quién es la Leti?

—La dueña del chochal.

Me enderecé. Boti guiñó el ojo. Cerré la puerta sin hacer ruido. Recogí mi ropa del piso.

—¿Me vas a dejar iniciada? —preguntó Ámbar con las manos en la cintura y las piernas abiertas.

—Se presentó un problema… regreso en un minuto.

—¡No le creo ni mierda!

—Ya regreso. —Saqué el último billete del bolsillo y se lo di.

Intenté subir la cremallera, pero la erección no lo permitía. Hice fuerza hasta que sentí un dolor que llegaba a la mitad de mi vientre. Bajé las escaleras lo más rápido que pude. Se escuchó un disparo. Decenas de mujeres gritando. Hombres corriendo. Otro disparo. El celador postrado en la puerta, moviéndose con dificultad.

—¿Qué hace güevón? —gritó Yesid detrás de la barra—. ¡Corra que lo van a pelar!

Salí del local como pude. El carro estaba sobre el andén, encendido y con Tres Leches acelerando como si estuviera en la grilla de partida. Subí al puesto de copiloto y segundos después entraron Yesid y Boti como un golpe de viento. Chillaron las llantas al tiempo que emergió una nube de humo y polvo. El carro tomó la calle 68 en contravía hasta la Caracas, donde giramos a la derecha.

—¡Le hicimos la vuelta a la Leti! —gritó Yesid, le apretó el hombro a Tres Leches y me dio un golpe en el hombro al tiempo que me preguntaba:

—¿Se pudo comer a la hembrita?

—Lo dejó iniciado. Mire esa parola tan hijueputa —respondió Tres Leches señalando el bulto en mi pantalón.

Era tan cómica la situación, que habría reído con ellos de no ser porque el dolor era intenso, casi insoportable. Bajé la ventanilla.

—Mámeselo al Motas para que se le quite la arrechera —ordenó Yesid a Tres Leches.

—¿Cómo dice patrón?

—¡Ya oyó! —Le puso el revólver en la nuca y luego movió el martillo.

—Todo bien: yo me hago la paja —dije nervioso.

Rieron a carcajadas.

—¿Vieron la cara que puso el Motas? —preguntó Boti al tiempo que palmoteaba el espaldar de mi silla.

—¡La tomba! —gritó Yesid mientras señalaba la moto que se atravesó.

Tres Leches frenó en seco. Chillido de llantas y polvo rodeando el carro. Los policías desenfundaron las pistolas. El de atrás bajó sin dejar de apuntarme mientras caminaba por el costado derecho. El de adelante desenganchó la pata de la moto, descargó el peso y se vino por el flanco izquierdo. El segundo le puso la pistola en la sien del Tres leches, quien levantó las manos como en las películas. El otro me puso el cañón en la frente y después metió la cabeza por la ventanilla. Se agachó tanto que alcancé a leer su nombre bordado en la guerrera: Gutiérrez. Contempló el piso, la guantera y, al final, el bulto de mi pantalón.

—¿De dónde sacaron este parolo? —preguntó.

—Es un parcero del colegio —respondió Yesid—. Motas, le presento a mis antiguos compañeros de trabajo.

Karen Cano

México

Nació en 1990, escribe notas para sobrevivir en Ciudad Juárez, Chihuahua y ha sido publicada en algunas antologías de poesía nacionales y revistas electrónicas como *Círculo de Poesía* y *México Kafkiano* en donde participa periódicamente.

Es licenciada en comunicaciones. Madre y mártir del arte al mismo tiempo. Disfruta del erotismo y el tabaco.

Crónicas de Plastisol

Recuerdo sus ojos verdes acercándose a la vitrina, examinándome cuidadosamente. Me tomó entre sus manos y leyó las instrucciones del paquete. Su bella sonrisa escondía una curiosidad distinta al resto de los clientes.

Duré bastante tiempo en esa tienda, no sé cuánto, pero el suficiente para descifrar las intenciones de los posibles compradores con tan sólo observarlos. Quienes se acercaban a este lado del pasillo eran en su mayoría mujeres, aunque no faltaba algún hombre que venía a explorar. Estos eran más decididos en su compra.

Ellas se acercaban en pares o solas. Si se reían de manera discreta significaba que no tenían ningún interés en adquirir uno como yo. Si se reían abiertamente y además preguntaban mi precio, entonces lo más seguro es que me comprarían mientras hablaban de que alguno de los míos sería el regalo indicado para alguna amiga.

Había otro tipo de clientes, ellas se acercaban y miraban al producto en todos sus ángulos y sonreían, después preguntaban nuestro precio y nos depositaban tiernamente, envueltos en bolsas negras, dentro de sus bolsos de mano.

De ese tipo era Camila, quien no dejaba de mirarme muy de cerca, como si fuera a besar el empaque plástico que me contenía. Preguntó mi precio, luego me tomó en sus brazos y preguntó a la encargada de la tienda cuáles eran mis cuidados y las baterías que requería. Después me envolvieron en la bolsa negra de los victoriosos y antes de meterme a su mochila negra, me dijo: «Tú serás Roberto». Después sólo escuché el cierre.

Estaba demasiado nervioso pensando en lo que me esperaría después; pero además me sentía gravemente ofuscado por la dulzura de su voz bautizándome. Mi nombre, Roberto, sonó precioso entre sus labios. Me preguntaba si a los demás les pasó lo mismo, si también tendrían un nombre. ¿Cuál sería el de los demás? ¿Por qué Roberto?

Al llegar a su casa, volvió a tomarme entre sus manos y a sonreír para mí. Me desempacó, me tocó con sus dedos cálidos, probó mis velocidades y al final me dejó en el buró cerca de su cama. Tomó un teléfono y empezó a hablar de mí con Cecilia; le contaba sobre mi gran tamaño y mi forma. Modestia aparte, yo era un artefacto estupendo.

Mientras ella reía con los comentarios de Cecilia en una charla que se prolongó demasiado, yo tuve el tiempo de examinarla. Su piel era pálida y su cabello largo y negro. Una arracada rodeaba su labio inferior. Del resto de su cuerpo puedo decir que era alargado y escuálido; lo que más me gustaba de él eran los lunares que tenía sobre sus pechos y que podían verse sobre el escote de su blusa. Vestía toda de negro, siempre lo hacía, y cuando estaba sola escuchaba música muy ruidosa con guitarras eléctricas y sonidos de batería.

Todo eso lo aprendería con el tiempo, pues antes sólo conocía a las mujeres de la tienda. Su habitación ahora era mi vitrina, sus paredes lucían un color morado y sombrío, me encantaba.

Apenas cortó la comunicación con Cecilia encendió las bocinas con esa música estruendosa que parecía relajarla, apagó la lámpara de su buró para encender unas veladoras de color púrpura que desprendían un aroma dulce y penetrante y se acostó, con las piernas cruzadas, mirando al techo.

Su cabeza se movía al ritmo del sonido y con sus manos dibujaba cosas en el aire. Parecía divertida y concentrada.

Después de varios minutos se escuchó una canción que se distinguía de las demás por tener un ritmo más pausado, aunque igual de agresivo. Ella se levantó y empezó a contonear sus caderas de un lado a otro, mientras con las manos se acariciaba el cabello y el cuello. Luego se quitó la playera y quedó prácticamente desnuda, salvo por un sostén negro y unas pantaletas azules que la vestían.

Disfrutaba moviendo su desnudez, acariciando su vientre plano, su cuello, su cabello y sin dejar a un lado el ritmo. De repente se sentó sobre la cama, si hubiera podido hablar le hubiera pedido que no se detuviera, que bailara un poco más para mí, pero entonces ella empezó a acariciar sus muslos y sus senos. Con una de sus manos sacó uno de sus pezones y lo apretó con fuerza; el otro corrió la misma suerte, mientras tanto, su otra mano acariciaba sus piernas, su ombligo, su pubis.

Parecía disfrutarlo, mordía sus labios y se agitaba tarareando la canción que parecía eterna. Cuando esta por fin terminó, ella se bajó las pantaletas y me llamó: «Ven, Roberto». Al mismo tiempo me tomó con su mano y me encendió, para después introducirme en la cavidad en medio de sus piernas.

Nunca imaginé que una vagina sería tan estrecha, y aunque las baterías me hacían vibrar sin que yo pudiera evitarlo, yo temía lastimarla. Su cavidad se humedecía más y más y yo temblaba pensando que le dolía, hasta que sus músculos internos me aprensaron con varios espasmos y pude salir de ahí por completo. Pude ver su cara satisfecha, sonriendo, de esa forma tan maravillosa que, de tener vida, seguro me haría vibrar sin baterías.

Esa fue nuestra primera vez y las demás fueron muy similares. Al principio ella me usaba todos los días, a veces en la cama oyendo música, a veces en el baño. A veces no bailaba, sólo se abría de piernas y me usaba para el propósito para el que yo fui creado. Lo irónico es que esa era la parte más aburrida para mí. Yo disfrutaba verla tocándose, o hablando por teléfono con Cecilia, o dormida abrazando su almohada, o leyendo sus libros de portadas oscuras; pero ser envuelto por sus entrañas no producía la menor de las sensaciones en mí. Al menos no hasta que veía su cara satisfecha.

Así fue un tiempo. Yo permanecía en el buró, dentro de mi nueva y amplia vitrina donde poseía un nombre, y no un código de barras, y ella llegaba a descansar y yo podía observarla.

Hasta que una tarde en específico tardó más de lo esperado. Las manecillas del reloj en forma de gato que estaba frente a mí, mostraban una posición distinta a la habitual cuando entró intempestivamente a su habitación, acompañada de alguien más.

Era similar a ella, pero en masculino. Él no decía nada, sólo se sentó en la cama mirándola, mientras Camila se movía de un lado a otro, levantando ropa sucia del piso, y luego encendió las bocinas para escuchar su melodía de siempre.

Acto seguido, ella se montó sobre él y empezó a gemir. La diferencia es que esta vez sus manos hacían su trabajo con él, y las de él con ella. Quedaron totalmente desnudos por un buen rato, tocándose y besándose, golpeándose en posiciones que no entendí, hasta que él se puso frente a ella, de pie, y pude ver algo muy parecido a mí —¿o será que yo era parecido a eso?— pegado a su cuerpo.

Ella lo metió a su boca y siguieron así gran parte de esa noche. Yo sentía que algo en mí dolía, y ni siquiera entendía cómo el plástico podía sentir dolor. Ahí, viendo a la mujer que amaba haciendo lo que hacía conmigo, pero sin mí, entendí mi propósito, no sólo en su vida, sino en el planeta entero. Yo hacía lo que René hacía, antes de que René estuviera en mi vitrina.

Así se llamaba el chico. Llegó muchas veces así, junto con ella, cuando las manecillas recorrían más camino del común yo sabía que los dos llegarían, y lo harían con ese dildo de carne que él tenía pegado a la cintura, y yo vería cómo hacía disfrutar a mi chica.

René era músico y, cuando terminaban de hacer lo que hacían siempre, ella se acomodaba en su regazo y hablaban de rock, esa música que a ella tanto le gustaba. Fue así como supe de instrumentos.

Siempre estuve ahí, pero René jamás reparó en mi presencia hasta un día en el que Camila no tenía ánimos de hablar y permanecía en silencio sobre el regazo de él, y entonces, curioseando en la habitación, me notó casi rozando su cabeza en el buró.

—¿Y esto? —preguntó conteniendo una risa como las de aquellas clientas que me veían y no compraban nada.

—Es Roberto —dijo ella sin darle demasiada importancia al asunto.

René pidió permiso para tomarme y lo hizo. En sus manos me analizó, y si yo hubiera podido hubiera empezado a vibrar para ver si lograba hacerle por lo menos un poco de daño como el que él me hizo a mí todas esas noches.

—Tu novio debe odiarme, ¿hace cuánto que está ahí? —preguntó René, riendo.

—Llegó desde antes que tú; cuando no estás, él me ayuda a no sentirme sola —dijo Camila.

Eso era mentira. Desde que ese pendejo entró en mi vitrina Camila no me tocaba, ni me miraba. Es más, yo pensé que ya ni se acordaba de mí. Pero lo comprendía. Yo no era competencia para René, yo no tenía brazos, ni tocaba en una banda, yo no podía desabrochar su ropa ni besarle los pezones como él lo hacía; yo sólo vibraba y ni siquiera lo hacía a voluntad.

A la siguiente vez que los dos estuvieron en mi cuarto, René me usó en Camila, muerto de la risa, pero sin detenerse y varias veces. Entonces entendí que él tampoco me veía como competencia y que satisfacíamos intereses distintos en Camila; él la enamoraba y yo la llenaba de esas convulsiones extrañas que llaman orgasmos.

Empecé a ver a René con distintos ojos y hasta celebraba que llegara a la habitación porque entonces Camila lucía su bella sonrisa todo el tiempo. No éramos enemigos, no nos reemplazábamos, más bien nos complementábamos.

Todo estaba bien de nuevo y ya no dolía nada cuando los veía juntos; pero algo pasó y Camila llegó una tarde llorando, se tumbó en la cama boca abajo y permaneció llorando por mucho tiempo. El teléfono sonó, era Cecilia. Camila le contó que René y ella terminaron ese día porque él tenía otra chica y los encontró besándose afuera del trabajo de él.

Yo entendí a mi chica, yo sentí lo mismo cuando la vi con René las primeras veces. ¿Por qué no podía ella ver como suplemento a la otra mujer en cuestión? Quizá si René hubiera comprado uno como yo, pero para hombres, Camila no se sentiría así.

Odié a René, odié su música. mi chica lloraba y era su culpa y yo no podía abrazarla ni decirle que yo le sería leal por siempre. Después de un buen rato Camila se levantó y la escuché llorando aún por encima del sonido de la regadera. Más calmada, se recostó en la cama, y todavía mojada empezó a tocarse y me usó, como siempre lo hacía, y procuré vibrar como nunca, incluso cuando sabía que mis intentos de moverme de nada servían.

De nuevo las cosas volvían a la normalidad, pero hombres había muchos y uno nuevo llegó a mi vitrina. Su nombre era Carlos. corpulento, piel negra y manos gigantes, así como gigante era su dildo de carne, me sacaba varios centímetros de largo.

Él, a diferencia de René, era tosco y agresivo. Hacía gritar mucho a Camila cuando ella se ponía de rodillas y codos en el colchón. Carlos entró en la vitrina varias veces, pero no tantas como René. Más pronto de lo que esperaba, Camila regresó para llorar otro poco sobre su cama mientras hablaba con Cecilia por teléfono.

Yo empecé a sentirme digno de ella, pues, aunque no tenía brazos, ni medía cinco centímetros más, ni tenía una banda, ni la hacía gritar mientras le empujaba el trasero; yo tenía algo que, al parecer, pocos hombres tenían: lealtad.

Mi idilio con Camila siguió mucho, mucho tiempo. Existían intervalos en los que un nuevo René o un nuevo Carlos se asomaban a la vitrina, pero yo ya no sentía ni empatía ni coraje, sólo esperaba el momento en el que jamás regresaban y que sería de nueva cuenta Roberto, el mejor de todos, el único, el fiel.

El día que conocí a Cecilia pintaba para ser divertido, y lo fue. Ella llegó con tubos de madera pequeños y delgados, en los que ponían una hierba verde a la que le encendían fuego para después aspirar el humo.

Ellas reían sin detenerse, y yo con ellas. Al parecer era cumpleaños de mi amada y el teatro de la hierba era para festejar.

—Enséñamelo —solicitó Cecilia de manera repentina y mi Camila se estiró un poco para tomarme del buró. Las dos empezaron a jugar con mis velocidades, yo brincaba en sus manos y ellas reían como si fueran a morir por ello.

Entonces, algo que no creí posible sucedió. Las dos empezaron a besarse y tocarse. Por un momento pensé que Cecilia tendría un dildo de carne, pero no. Tenía exactamente lo mismo que tenía Camila, y ambas me utilizaron hasta que se quedaron dormidas.

Al despertar, ambas estaban desnudas, empezaron a vestirse, aun riéndose, decían que había sido una noche muy loca.

—Ya se me había olvidado que cuando te pones grifa te sale lo tortilla —dijo Camila mientras se subía los *jeans*. Ambas rieron.

—Me gustó Roberto, lo hace rico, pero espero que tengas espacio para Cecilio —dijo esa mujer, mientras corrió hacia su mochila y sacó a mi verdadero rival. Uno fosforescente, que no tenía base, sino más bien dos cabezas, aún sigo sin saber por qué. Vibraba, sí, y no era de plastisol, sino de un material de mayor calidad.

—Feliz cumpleaños, *friend* —canturreó Cecilia mientras tomó a Camila de la cintura y le bajó los pantalones para usar al nuevo inquilino con ella.

Camila gritó como nunca, vaya, ni con Carlos.

Luego de que ella terminó se levantó de la cama y se abrazaron fraternalmente.

—Eres mi mejor amiga, ¿lo sabías? —dijo Camila a Cecilia, y abrazadas se fueron a desayunar, dejando a "Cecilio" sobre la cama.

Él no me había notado y yo pensaba en aclararle que mi lugar en esta vitrina era firme, pues de todos sus amantes yo era el único que le era fiel, y que por eso ella me respetaba y me amaba.

Cuando Camila regresó, tomó al nuevo y lo metió en un cajón. Yo me sentí triunfante. pensé que con ese gesto bastaba para señalar quién era el preferido, el victorioso.

Pero entonces ella me tomó en sus brazos, me envolvió en una bolsa negra, y me trajo directo a este contenedor, donde me encuentro ahora contándoles la historia del Roberto, el dildo con el corazón de batería roto y descompuesto. Las mujeres son crueles, incluso con los de mi especie.

Marta D'Argüello

Argentina

Marta nació el 10 de diciembre de 1961 en Córdoba, Argentina.

Su inclinación por la expresión artística la llevó siempre por un camino cubierto de música, baile, dibujo, pintura, escritura y actuación.

Aunque la carrera de Bellas Artes quedó inconclusa, pudo recibirse de profesora de Danzas Folklóricas y Latinoamericanas.

Casada y madre de cinco hijos, dedicó con gusto su vida a la hermosa familia que formó junto a Guillermo, guardando en los cajones los destellos de creación que su interior le permitía, de vez en cuando, plasmar en algún papel.

Su primera novela es "Quédate en el pasado", en la que jugó con la realidad y la ficción, teniendo como resultado una historia que bien podría ser la de cualquier mujer.

Luego escribió "Relación prohibida" y "Obsesión peligrosa", (ésta última a punto de ver la luz), siempre dentro de la línea romántica erótica, género en el que se encuentra muy cómoda y a gusto.

Despedida de soltera

Sus ojos negros, tal vez los más oscuros que he visto en mi vida, me observan a través de sus pestañas, aguardando mi respuesta.

Tiemblo como una hoja. No puedo creer que me esté pasando esto a mí, aquí y ahora. Siento cómo se clavan en mi espalda las miradas de todos los presentes y estoy segura de que en sus mentes estarán conjeturando mil opciones que justifiquen mi silencio.

Abro y cierro la boca como pez fuera del agua en los últimos segundos de su vida, pero ni una sola palabra sale de ella. El muy hijo de puta, como si nada, me repite la pregunta, pronunciando la frase entera en un tono devastador que incluye el desparpajo y la lascivia como ingredientes principales.

—¿Aceptas? —insiste y mis ojos se cierran, tal vez para buscar en mi interior una razón, una mísera razón, para salir corriendo.

No sirve… Lo único que logro es huir "mentalmente" hacia otro lugar, ver la imagen de su cuerpo junto al mío y sus labios articulando la misma palabra: «¿Aceptas?»

Una semana antes…

—No pienso bajar del auto —digo casi gritando, abrazada al apoyacabeza del asiento delantero—. Estoy borracha, pero no como para hacer semejante locura.

Tizón, Marce y Pao me miran muy divertidas desde la vereda, mientras Adriana intenta persuadirme, de una manera no muy condescendiente, jalándome del brazo hacia fuera.

—Zoe, no seas tan testaruda, mujer. ¿No era que querías venir aquí algún día? Bueno… hoy se te cumple. Dale nena… —dice mientras tironea de mí como si fuera una muñeca.

—Adri, no quiero. No me pueden obligar.

—A ver, mi vida… Nadie te obliga —expresa en un tono menos efusivo y más comprensivo, aflojando su amarre y acuclillándose en la acera junto al carro—. Nosotras quisimos darte esta sorpresa porque era tu deseo, una fantasía que…

—No, no, no. ¡Un momento! —interrumpo su justificación—. No pueden tomar al pie de la letra algo que dije hace mucho y estando ebria.

—Amiga, no hace tanto ni fue la única vez que lo dijiste —refuta y, sonriendo de lado, por lo menos me reconoce uno de mis puntos expuestos—. Y es verdad que estabas bajo los efectos del alcohol, pero bueno, dicen que los niños y los borrachos dicen la verdad.

—Zoe —irrumpe en la escena Tizón—, hagamos esto: entramos, tomamos algo y miramos, nada más.

Todas la observan y hasta juraría que ella les guiña un ojo, pero estoy algo mareada y puede que lo haya imaginado… En fin, en resumidas cuentas, accedo y, bajo esa condición, entramos al club.

En principio parece un club nocturno como cualquier otro. Hay algunas parejas bailando y otras sentadas charlando de forma animada mientras brindan como viejos amigos. Una recepcionista se acerca a nosotras, solicita un pase que Adri ya tenía impreso, le da una leída ligera y luego nos guía hasta unos sillones en la zona de la pista.

—¿Conocen el sistema? —pregunta inclinándose mientras nos entrega una carta de bebidas. Creo que ve en nuestros rostros escrito "ni idea", por lo que comienza a detallar las distintas opciones del servicio que prestan.

—Bien, ustedes son un grupo de mujeres solas, pero eso no es ningún condicionante. Tienen acceso a cualquiera de los sectores, mixto o unisex, en los que pueden ingresar juntas, si sus contactos seleccionados lo desean y están de acuerdo, o pueden hacerlo de forma parcial. —Hace una pausa y toma aire. Sospecho que es para no dejar escapar la carcajada que de seguro le provoca nuestra expresión de asombro.

—También tienen los apartados temáticos…

—¡Eso! —interrumpe Tizón—. Cuando preguntamos, nos dijeron que estaba el del chocolate —manifiesta entusiasmada y yo no puedo creer que me estén haciendo esto, a lo que le debo poner freno ya mismo antes de que la situación se me vaya de las manos.

—Nada de sectores temáticos ni ningún otro. Te agradecemos la información, pero sólo vamos a tomar unos tragos y luego nos vamos —aclaro yo.

—Pero Zoe, con solo ver no pasa nada —expresa Pao, intentando hacer que cambie de opinión

—Pero nada. ¿No habíamos quedado en eso? —les pregunto algo molesta y me pongo de pie dispuesta a irme si no se respeta lo que me prometieron.

—Ok, ok… Tranquila —dice Marcela, incorporándose también, y cruza su brazo derecho sobre mis hombros para hacer que volvamos a sentarnos juntas—. Tienes razón, eso es lo que dijimos, así que basta de vueltas y pidamos ya algo para tomar.

Adriana, carta de tragos en mano, es la encargada de pedir para todas. Le ruego que para mí solicite algún refresco sin alcohol, he bebido suficiente durante la cena y temo perder la conciencia si continúo haciéndolo.

—Ni se te ocurra, chiquita —recibo como respuesta—. Esta es tu despedida de soltera, así que deja de contener a tu Zoe interior, esa que disfruta como loca de todo lo que raya en lo prohibido,

No respondo. En eso le doy toda la razón. Desde que mi relación con Fernán se convirtió en algo formal, parecería que mi comportamiento, y todo lo que me rodea, hubiera recibido el efecto de una onda expansiva, tornando mi vida en algo monótono y rutinario. Mierda… Ahora que lo pienso, aún no estoy ni casada y ya me aburre sólo pensar en la vida que llevo.

—¿Saben qué? Creo que, por esta noche, dejaré que la Zoe de antes tome el mando. Después de todo, como dice Adri, es mi despedida, así que… —digo, tomando de la mesa una de las copas que está dejando la camarera—. Chin chin, amigas.

—¡Eso quería oír! —expresa feliz Paola, chocando su copa con la mía.

—Por una noche inolvidable —agrega Marcela y se une al brindis junto a Tizón, que tiene una sonrisa de oreja a oreja marcada en su rostro.

Bebemos nuestros tragos y definitivamente me siento otra. Esto de enviar al fondo a mi Zoe coherente y aburrida no estuvo mal… nada mal.

—¿Y Chechu? —les pregunto al notar que está demorando mucho. Ella es la otra Marcela del grupo y está transitando por una separación algo conflictiva. Sus pocos años de matrimonio con un hombre mayor, divorciado y con hijos, le trajeron más dolores de cabeza que satisfacciones, no aguantó más y dijo "basta". Pero este "señor" no se la está haciendo nada fácil.

—Me mandó un mensaje diciendo que estaba en camino —anuncia Tizón tras revisar su móvil.

Pedimos otra ronda de margaritas y en ese momento llega Chechu. Su cara es de una felicidad absoluta.

—No saben lo que acabo de hacer —dice mientras se acomoda junto a nosotras, captando toda nuestra atención—. Vieron que el mal nacido del "innombrable" me había pedido la mitad de todo y se lo di. Pero el hijo de puta quiso también el somier. ¿Pueden creerlo? Como si no tuviera dinero suficiente para comprarse uno nuevo.

Nadie habla, todas estamos expectantes a lo que está relatando, que es, casi casi, como *La guerra de los Rose*. Se toma toda la bebida de Adriana de un solo trago, levanta la copa vacía hacia donde está la barra y pide dos más como esas.

—¿Y? ¡Sigue! —le digo ansiosa por saber en qué parte está lo gracioso que justifique su cara de felicidad.

—Bueno, como serruchar al medio el colchón para darle su mitad no era coherente, le dije que se lo llevara todo. —Bebe de mi copa ahora. Si sigue así, se tomará hasta las humedades de las paredes. La dejo, todo sea por saber qué hizo al final—. Es más, lo debe estar retirando en este preciso momento.

Todas nos miramos sin entender dónde está la gracia. Ella debe notar la decepción en nuestros rostros y continúa:

—Lo que él no imagina es que repasé el *Kamasutra* entero, durante todo el día, con el piletero, ese que conocen ustedes y está más bueno que comer el pollo con las manos, ¡sobre su adorado somier! —remata y todas nos ponemos de pie, riendo a carcajadas, para aplaudirla.

El tiempo corre y ya he perdido la cuenta de cuántas rondas de tragos hemos pedido, pero deduzco que muchas, ya que al incorporarme para ir a la pista de baile, atraída por el tema que está sonando, me mareo tanto que caigo hacia uno de los costados, donde se encuentra otro grupo sentado.

—Perdón —susurro modulando de forma exagerada mis labios para disculparme con el dueño del regazo donde aterricé.

Incómoda por la situación, intento pararme, pero él me retiene impidiendo que lo haga. No dice nada, aunque su mirada insinúa tanto que mi cuerpo entero comienza a temblar.

—¡Vamos, nena! —Aparece de repente Adri, rescatándome del amarre y de lo que podría seguir si dejase que mi imaginación continuara por el rumbo que estaba tomando—. Discúlpala, es que ha bebido más de la cuenta —me justifica mientras nos alejamos hacia donde el resto ya está bailando.

El episodio de recién ha dejado mis sentidos en estado de alerta máxima, y la música hace lo suyo para incrementar el nivel de feromonas que se están reproduciendo a mil por minuto. Suena *Dangerous Woman* ("Mujer peligrosa") y creo que voy a estallar. Toda la maldita letra de la canción describe a la perfección lo que siento: *"Algo de ti me hace sentir como una mujer peligrosa. Algo de ti me hace querer hacer, hacer cosas que no debería..."*

La sensualidad de la melodía se asienta sobre mí y me muevo a su compás en el centro de un círculo que formaron a mi alrededor mis amigas y gente que no conozco, pero que, al parecer, disfruta de mi baile.

Tizón se aparta y habla con la recepcionista que está de pie junto a la pista. Después regresa animada y, rompiendo la ronda, se acerca para decirme algo al oído. No logro escucharla y le pido que me lo repita. Lo hace, pero no hay caso, solo pesco palabras sueltas que no me dicen nada.

En lugar de seguir gritándome al oído, toma mi mano y le hace una seña al resto de las chicas para que nos sigan hacia uno de los pasillos.

La luz es cálida pero tenue, y la música ambiente se distribuye por todos los rincones a un volumen agradable, acogedor...

—¿Adónde vamos, Tiza? —le pregunto. Ella va detrás de la recepcionista y nosotras la seguimos como patitos en fila.

—Ahora te explico —responde en el mismo momento que la señorita abre una de las puertas y nos invita a ingresar.

—Tiza, dijimos que solo mirar. ¿Qué carajo es esto? —cuestiono entre dientes poniéndome muy cerca de mi amiga.

—Yo les explico —contesta la empleada—. En esta habitación deben desvestirse y…

—No, no… Es solo para ella lo que te pedí —le aclara Tizón y yo la quiero matar. Por más mareada que esté a causa del alcohol, intuyo perfectamente lo que se trae.

—Bien, entonces tú puedes dejar la ropa en uno de los *boxes* estos —continúa hablando y señala hacia sus laterales—. Dentro del que elijas encontrarás una bata para cubrirte. Una vez que estés lista, sal al pasillo, ve hacia derecha y, en la tercera puerta a la izquierda, verás un cartel que dice *"Fuente de chocolate"*.

—No, no, no... ¡Un momento! —grito intentando ponerle punto final a esta locura.

—Por favor, deja que termine de explicar y después ves qué hacer —me pide Adriana y yo accedo, cruzando los brazos sobre mi pecho y poniéndome a la defensiva.

—Allí, en la "Fuente de chocolate", el placer se focaliza en los sentidos como el tacto y el gusto, haciendo que nuestra piel sea la encargada de transportarnos a niveles extremos, llegando al clímax sin ningún tipo de penetración, a menos que sea solicitada por la persona que ejerce como centro de la fuente.

Escucho cada una de sus palabras y ya no sé si el calor que siento en mi rostro es de enfado por estar acá o de excitación al dejar que mi imaginación vuele ubicándome dentro de esa habitación.

No digo nada... no puedo. Dudo, y eso es un grave error porque da pie a que mis queridas amigas actúen más rápido que lo que canta un gallo.

—¿Ves? No es tan grave —expresa Tizón mientras acompaña a la muchacha hasta la puerta, despidiéndola. Camina hacia uno de los *lockers*, lo abre, saca una prenda del interior y extiende su brazo hacia donde me encuentro, ofreciéndomela.

Miro alrededor buscando la ayuda del resto, pero lo que encuentro en sus miradas es el aliento a que haga lo que no debo, pero que deseo con locura desde que es la fantasía más recurrente en mis sueños.

—Si algo de esto sale de aquí, juro que les hago escupir sus ovarios por la boca, ¿está claro? —les advierto quitándole a Tiza la bata de la mano.

Diez minutos después, nos encontramos todas frente a la puerta donde está el prometedor cartel. Ya me adelantaron que ellas me acompañarían solo hasta allí, pero no tengo el valor de entrar. Para variar, es Tizón la que toma la iniciativa y abre la puerta, me hace pasar casi de un empujón y la cierra tras de mí. Y yo quedo sola, de pie, en un ambiente que está prácticamente en penumbras.

—Pasa, no temas... Lo que ocurra acá, quedará entre estas cuatro paredes. —Es la voz de hombre más sensual y masculina que he escuchado en mi vida.

Sus palabras me brindan cierta seguridad y acepto el brazo que me ofrece para guiarme hacia el centro del sitio, donde hay una mesa, lo único iluminado con mayor potencia.

—Tienes que relajarte —me susurra al oído, colocándose tras de mí y quitándome, de manera lenta, la única prenda que llevo puesta.

Tiemblo tanto que mis dientes chocan entre sí. Por suerte la música ahoga el ruido que hacen.

Distingo las siluetas de más personas, pero nadie habla y, por lo poco que puedo ver, solo yo estoy sin ropa.

—Ven —me dice, tomándome de la cintura para subirme sobre la mesa. Y yo sigo sin poder emitir ni una sola palabra, salvo cuando, gracias a la luz que ilumina ese sector, veo el rostro de quien está preparándome.

—Tú... —es lo que llego a decir antes de que él me selle los labios con sus dedos.

—Desde que caíste en mi regazo, te convertiste en parte de mi fantasía, y ahora mi boca cumplirá la tuya.

Sin decir más nada, saca un pañuelo de seda del bolsillo de su pantalón y cubre mis ojos. Luego me recuesta, boca arriba, sobre la mesa y me susurra al oído:

—Serás la fuente de chocolate de donde tomaremos toda la fruta que queramos. No usaremos las manos, solo nuestros labios y lenguas recorrerán toda tu piel, brindándote un exquisito placer que disfrutaremos juntos.

Hace una pequeña pausa que para mí es eterna y al cabo de unos segundos lo escucho añadir:

—Necesitamos tu permiso para comenzar. ¿Aceptas? —me pregunta y noto cómo su respiración está casi tan agitada como la mía. Quiero decirle que sí, pero el pánico no me deja—. ¿Aceptas? —repite y mis manos se toman con fuerza del borde de la madera para darme el valor suficiente y poder responder.

—Sí.

Esa afirmación es lo último que se escucha en el cuarto. Luego solo la música, el sonido de algunos elementos que parecen de metal y la respiración de la gente moviéndose a mi alrededor es lo que hace que me mueva inquieta, hasta que un líquido tibio y espeso comienza a ser derramado entre mis pechos. De manera involuntaria levanto el torso, despegándolo de la mesa.

—Shhhh... Tranquila... —me dice él, que parece ser quien domina la escena, el portador de esa voz que no olvidaré jamás—. Estamos preparándote.

Continúa volcando sobre mi cuerpo lo que deduzco que debe ser el chocolate, cubriendo cada parte de mi piel. La temperatura es agradable y la sensación placentera. De pronto algo frío cae como cascada sobre mi vientre, provocándome escalofríos, los que se incrementan cuando van depositando lo mismo en mis extremidades, dejando para el final mis pezones. Ahí sí que me siento en el Ártico.

Cuando estoy a punto de incorporarme, desistiendo de este placer devenido en tortura, una lengua recoge el chocolate de mi cuello. De manera simultánea, otras hacen lo mismo ascendiendo por mis piernas, levantando a su paso los trozos de fruta servidos sobre mí.

No tengo idea de cuántos individuos sean, pero la conjunción de sus labios y lenguas, barriendo con todo lo que me cubre, me arranca gemidos de placer como los que nunca me he escuchado, llevándome al límite del éxtasis.

—Ahora tomaré los que he reservado solo para mí —me anuncia la única voz que reconozco y devora lo que oculta el valle entre mis senos con voracidad.

Mis piernas se tensan y una electricidad que identifico a la perfección recorre mi interior, haciendo que mi cuerpo se arquee, arrastrando consigo todas las bocas que se empeñan en succionar los restos del dulce recubrimiento, las que me acaban de regalar el mejor orgasmo de mi vida.

Una semana después...

Y aquí estoy, frente a un altar cuidadosamente preparado en el parque del lugar que elegimos para nuestra boda, escuchando cómo el cura que vino en reemplazo del que enfermó y el que, para mi sorpresa, es quien me degustó, de manera literal, me pregunta si acepto o no ser la esposa de Fernán.

—Sí, quiero —digo poco convencida.

Todos aplauden con entusiasmo, tapando con el estruendo, los suspiros de alivio que varios de los presentes, incluso Fernán, sueltan luego de mi respuesta.

—Felicidades —nos desea quien acaba de unirnos en matrimonio, y luego de estrechar la mano de mi flamante marido, toma la mía y me dice con un descaro tremendo—: Ha sido un gusto. Cualquier cosa que necesites, sabes dónde buscarme.

Gira sobre sí y se retira, dejando un sabor incierto en mi boca, tan distinto al que, de seguro, saborea él, aún, en la suya.

José Luis Chaparro González

España

Nací en Sevilla hace 56 años y soy funcionario de profesión. En la actualidad ejerzo mi labor en Mérida (Badajoz). En octubre de 2015 presenté mi primer trabajo literario en el XXV Concurso Literario "Policía de Albacete", donde conseguí el primer premio. A partir de entonces he sido reconocido con el primer premio del XVI Concurso de Cuentos Breves "Biblioteca Pública Sánchez Díaz", primer premio del I Concurso de Micro Relatos en Twitter "Escribir para incluir", ganador del I Concurso Internacional de Cuento Breve "Una Flor para Ti", ganador del I Concurso de Microrrelatos "Ayuntamiento de Teulada", ganador del V Concurso Internacional de Microrrelatos "Viaja en el tiempo con tu heroína", ganador del I Concurso de Microrrelatos "Micrología Literrante", segundo premio del XVI Certamen Literario Villa de Marchena, "Memorial Rosario Martín", tercer premio en el II Concurso de Relatos Cortos "Ateneo de Jerez", accésit XIX Premio Internacional de Relato Breve "Julio Cortázar" de la Universidad de La Laguna (Tenerife) entre otros. Mis trabajos se recogen editados en más de un centenar de antologías literarias, tanto en prosa como en verso.

Nunca más de una noche

Siempre pensé que mi miembro tiene vida propia. Que dispone de su propio cerebro, como los pulpos, que tienen un cerebro secundario en cada uno de sus tentáculos, el cual les hace reaccionar de forma independiente del resto del cuerpo. Un cerebro secundario que, aunque dependiente de otro central, es capaz de tomar determinadas decisiones por sí mismo, obviando las directrices del cerebro principal, el cual es de suponer que está mejor capacitado.

No es el caso en mi caso, valga la redundancia... o sí. Tal vez sea cuestión de orden. Tal vez el secundario sea el que se encuentra dentro de mi cráneo y no el otro. Comencé a sospechar que ese podía ser el problema, cuando uno de mis cerebros, el del cráneo, me mandó señales de peligro que el otro no quiso acatar.

Era la primera vez que salía a tomar una copa. Algo me decía que aquella chica que se encontraba sola en la barra no estaba esperando mi llegada, sino que por algún motivo que yo ignoraba, ninguno de los buitres leonados que revoloteaban por el local en busca de una presa, había decidido acercarse a ella para hincarle… el pico.

Mi otro cerebro no tuvo en cuenta esa señal de alarma y decidió activarse él y activar mis piernas para meterme en la boca del lobo o para intentar meterse él en la boca de la loba, o yo qué sé…

A medida que me aproximaba con mi cara de chico simpático, la chica me miró con sorpresa. Estaba buena. Muy buena. Buenísima. Tanto, que a partir de que me sonrió, parecía que las luces se hubieran apagado y un foco la iluminara exclusivamente a ella, como ocurre cuando una gran estrella del rock sale al escenario. Allí estaba ella y no había nada ni nadie más; y si se hubiera tratado de una película, desde algún sitio escondido hubiera sonado una romántica música de violín. Pero no lo era y por eso no sonó.

Sonó su voz, que salía por entre unos labios carnosos a través de unos dientes de un blanco perfecto, por debajo todo de una preciosa nariz, que encima tenía unos ojos verdes... ¡Que me voy de la historia!

No podía creer lo que ocurría. Era un conductor experto recién llegado al destacamento y reconocí algunos de los rostros que ahora me miraban sorprendidos, cuando al presentarme a ella le estampé un beso en cada mejilla y también le di la mano; y si me hubiera pedido un pulmón también se lo hubiera donado allí mismo.

Después de una breve charla intrascendente me dijo que no se encontraba a gusto en aquel lugar con tantos mirones y me propuso marcharnos a otro local que conocía, lo que acepté encantado. Salimos ante la mirada de todos. Me extrañó que ella, antes de salir, volviera su cabeza para recorrer con su mirada todo el local, a la vez que sonreía.

¿No será un travestí?, pensé por un momento. Ella iba adelante, camino de su coche, y la observé de arriba abajo. Imposible. Llevaba un pantalón blanco de tela fina, de esos que dejan que la carne se mueva un poquito por dentro y se transparentaba lo justo para ver que llevaba unas braguitas tipo tanga. Imposible. Ningún travestí se pondría esa ropa. Quise salir de la duda y aproveché la oscuridad del aparcamiento para besarla en los labios y meter mi mano entre sus piernas. Allí no encontré nada. Bueno, sí encontré… pero no encontré nada que tuviera otro cerebro. O tal vez sí tenía otro cerebro, pero no estaba duro como el mío. En fin. ¡Que no! Que era una tía, que estaba buenísima y que abrió sus piernas cuando notó que metía mi mano entre ellas.

Subimos a su coche y ella sonreía. Otra vez sus labios, otra vez sus dientes, su nariz, sus ojos, su camisa con los dos botones de arriba abiertos y su mano agarrando la palanca de cambios. Me la imaginaba agarrando mi otro cerebro, cuando, para mayor sufrimiento soltó la palanca y llevó la mano hasta su boca, para ahogar un bostezo. ¡Lo que me faltaba! El bulto de mi pantalón creció y debía colocarlo mejor, pero sentado no podía hacerlo y comenzó a causarme dolor. Ella pareció notarlo y sonrió.

Entonces soltó la bomba: «¿Vamos mejor a casa? No me apetece beber más». La miré otra vez, más que nada para comprobar que era real y asentí con la cabeza, además de añadir que a mí tampoco me apetecía beber.

Llegamos a su casa e introdujo el coche en el garaje, desde donde entramos al salón. Supuestamente nadie nos vio llegar. Ella lo prefería así, según comentó. Corrió las cortinas y encendió la luz. La iluminación era perfecta. La suficiente para no tener que adivinar al tacto.

Y comenzó todo. Me ofreció tomar una ducha mientras se desnudaba. Tenía un cuerpo espectacular. Más aún cuando comencé a acariciarlo extendiendo el gel. Ella también frotaba el mío. Cuando nos desprendimos del líquido, después de besarnos, ella fue descendiendo, besando mi pecho hasta llegar a arrodillarse. Abrió su preciosa boca y comenzó a lamer mientras me miraba a la cara. En ese instante ninguno de mis dos cerebros pensaba en otra cosa que en agarrar su cabeza para que nada quedara fuera. No hizo falta. Ella lo hizo en una boca que parecía que no tenía fondo. Pensé que iba a desmayarme de placer. Pareció adivinarlo y se detuvo justo en el momento oportuno.

Me llevó al dormitorio y allí desplegó todas sus armas. Yo siempre creí que era un experto. Nada de eso. A su lado era un aprendiz. Un aprendiz al que el corazón estuvo a punto de reventarle varias veces. Salvado siempre en el último momento por otro estallido mucho más agradable. Por último, a modo de despedida, se colocó de rodillas, apoyó sus manos y me ofreció su puerta trasera. Mi último recurso de fuerzas apareció para entrar por allí y volver a explotar, ahora completamente exhausto.

Era casi el amanecer cuando llamó a la central de taxis, le facilitó una dirección y colgó. Debía marcharme. El taxi me recogería dos esquinas más abajo. Antes de salir, me despidió con un beso. Cuando llegué al lugar, allí se encontraba el taxi y le indiqué la dirección del destacamento.

A duras penas conseguí llegar despierto. Se trataba de un día especial. El coronel regresaba con un permiso de cinco días de su misión en el extranjero y yo debía presentarme a él en calidad de su nuevo conductor.

Después de las presentaciones de rigor solicitó el vehículo en el que cargamos todo su equipaje para que le llevase a su domicilio. Después de unos minutos, el recorrido me resultó conocido. Siguiendo sus indicaciones llegamos a su casa y me ordenó que introdujera el coche en el garaje, desde donde descargaríamos el equipaje. No fue posible. El garaje lo ocupaba el vehículo de su esposa; concretamente el vehículo en el que yo viajé la noche anterior.

Sentí un escalofrío de terror que hizo que mi sueño desapareciera por completo. Ella apareció en el porche para ofrecerle un amoroso abrazo de bienvenida, mientras me observaba por encima de su hombro. Yo miraba lo que hacía mientras la imaginaba en la ducha y después de rodillas, apoyada sobre las palmas de sus manos, mientras yo tiraba fuertemente de su cintura hacia atrás. No me quedó duda acerca de cuál es mi cerebro principal cuando se activó de inmediato ante tal recuerdo.

La recordaba tumbada boca arriba con las piernas abiertas. La recordaba en la cama con su cabeza subiendo y bajando entre mis piernas y por último limpiándose la cara interior de los muslos cuando me retiré de su espalda.

El coronel me despidió mientras se introducía en su casa abrazado a ella. Volví a mirar su pantalón blanco de tela fina, que dejaba que la carne se moviera un poquito por dentro y que se transparentaba lo justo para ver que llevaba otras braguitas tipo tanga.

Antes de entrar ella miró atrás y me sonrió. El coronel también miró atrás para ordenarme que me marchara, diciendo que ya llamaría si necesitaba de mis servicios.

Regresé al destacamento sin dejar de pensar durante todo el recorrido en el lío en el que me había metido tirándome a la mujer del jefe o dejando que la mujer del jefe me tirase a mí o tirándonos el uno al otro o lo que sea… ¿Merecía la pena? ¡Sí! me respondí a mí mismo al instante. ¡Sí merecía la pena!

Había oído comentar que el coronel tenía mala leche. Que era un tipo agresivo y peligroso. Por ese motivo pedía los destinos más arriesgados. ¡Lo que me faltaba!

Pasaron cuatro días sin noticias del coronel, lo que me hizo pensar que todo quedaría en secreto. Al quinto me llegó la orden de recogerlo en su domicilio. De nuevo me asaltó el temor de que ella le hubiera confesado su infidelidad y el tipo violento que todos decían que era sintiera deseos de venganza por haberme tirado a su mujer.

Aparqué donde lo hice cinco días antes. Salieron abrazados. *¡Cómo se habrá puesto el tío…!,* pensé al verlos juntos, pero disimulé como pude. Ella me miró también aparentando que acababa de conocerme y se despidió de él con un beso. Mientras nos alejábamos en el coche oficial, ella decía adiós con su brazo en alto.

Yo miraba por el retrovisor intentando encontrar alguna pista en el rostro del coronel. Cada vez que miraba, él me estaba mirando también. Eso me puso muy nervioso y estuve a punto de colisionar un par de veces con el coche que iba delante.

Llegamos al destacamento y me invitó a entrar en su oficina y a tomar asiento. Parecía demasiado amable. *¡De aquí no salgo vivo!,* pensé al momento. El coronel no se sentó, sino que se quedó de pie detrás de mí y adiviné por el sonido que sacaba la pistola de la funda. No me atreví a moverme ni a decir ninguna palabra. Él tampoco dijo nada. Escuché el chasquido de la corredera de la pistola al ser montada y al momento el frío metálico del cañón en mi nuca. Hubiera salido corriendo, pero estaba petrificado.

—¿Sabes qué le ocurrió al anterior conductor? —preguntó.

—¡No señor!

—¿No lo sabes? ¿Quieres saberlo?

Está enterrado en el campo de tiro con un disparo en la nuca, pensé.

—Supongo que pediría la baja, señor.

—¡Exacto! —dijo mientras retiraba el cañón de mi nuca—. Lo mismo que vas a hacer tú en este mismo instante.

No podía saber exactamente qué le había contado ella, pero estaba claro que algo sabía.

—Recuerda siempre esta frase: "Nunca más de una noche". ¿Lo harás? —dijo

—¡A la orden mi coronel! —respondí pensando que así tenía alguna posibilidad de salvarme de terminar en el campo de tiro, junto al anterior conductor.

Me colocó un papel delante y firmé sin mirar siquiera lo que estaba escrito en él.

—¡Puedes marcharte! —ordenó.

Fue la orden que he cumplido más rápidamente en toda mi carrera militar. Me faltó poco para batir el récord mundial de velocidad. A partir de entonces decidí que debía poner en orden las prioridades de mis dos cerebros.

El coronel regresó a su misión y yo pude dejar de mirar sobre mis hombros cada vez que oía un ruido sospechoso. De vez en cuando me pasaba la mano por la nuca y comenzaba a sudar con sólo recordar el momento.

Nunca comenté nada con nadie y un par de semanas más tarde decidí salir a tomar una copa. Al parecer un nuevo conductor había llegado al destacamento la víspera del regreso del coronel. Tenía aproximadamente mi misma edad.

Cuando llegué al bar ella estaba allí. Ni siquiera la miré, sino que me dirigí hacia un grupo que se encontraba al fondo.

Pasados unos minutos apareció un soldado joven que se quedó mirándola fijamente y se dirigió hacia ella poniendo cara de chico simpático, después de habernos lanzado una mirada de sorpresa, seguramente sorprendido porque una chica tan espectacular se encontrara sin compañía. Se presentó, le estampó un beso en cada mejilla y también le dio la mano.

Después de una breve charla, ambos salieron juntos. Desde la puerta y antes de salir, ella volvió su cabeza para recorrer con su mirada todo el local, a la vez que sonreía…

Deborah Luzige

Uruguay

Nací en Montevideo, Uruguay, el 13 de setiembre de 1983. De profesión creativa, he experimentado con la decoración en azúcar, corte y confección y finalmente me formé en diseño gráfico e industrial. Experimenté también con diferentes disciplinas marciales como judo, taekwondo y kendo. Actualmente tengo una empresa de diseño de *souvenirs* y regalos empresariales. El gusto por la lectura me ha acompañado desde niña pero he comenzado a escribir en la adolescencia, con fanfics de distintos libros, poemas e historias breves.

En junio de 2015 publiqué mi primera novela llamada "Fuego Oculto" (Amazon y Libromántthat icas). Trata sobre una chica que pasa por un episodio de abuso sexual que la deja con serias consecuencias en su autoestima. La historia, lejos de indagar en el sufrimiento, se enfoca en la superación y en la reconstrucción de la personalidad. En diciembre de 2015 participé de la Antología Solidaria "54 Corazones tras la Esperanza" (en digital y papel por Amazon), con los poemas "El juego" y "Cuéntame". En abril de 2016 formé parte de la Antología Solidaria "Cuentos para Soñar" con un cuento infantil llamado "Los principitos del desastre" (en digital y papel por Amazon). En abril de 2016 también publiqué mi segunda novela "Knock Out" (digital por Amazon). Esta historia trata de una chica que decide cambiar el rumbo de su vida. Pasa de la prostitución y el abuso de alcohol y drogas a querer convertirse en una luchadora de kickboxing profesional. Mezcla el amor, la pasión, intrigas policiales, pasados escabrosos y un vistazo a lo exigente que puede ser una rutina deportiva. En mayo de 2016 se publicó en papel por Librománticas. En setiembre de 2016 participé como escritora invitada en el 4º Setiembre Romántico Rioplatense. Este evento se realiza año a año en Buenos Aires, Argentina, y reúne a más de trescientas lectoras, escritoras y blogueras del género romántico. Es un encuentro que reúne mujeres de toda Latinoamérica. Actualmente estoy terminando mi tercera novela, "Inocente Intrusa", cuya fecha de publicación (Amazon y Librománticas) será febrero de 2017.

Soy mujer y pago por sexo

Yo pago por sexo.

Pero no es lo que todos están pensando. Pago sólo para ver.

Lo único que voy a decir de mí es que tengo treinta y un años, el dinero para mí no es un problema y tengo un deseo contenido de sexo que me está volviendo loca.

Hace tres meses que encontré esta especie de solución a mi situación aunque no sé por cuánto tiempo más sea efectiva.

Todos los viernes a las ocho y treinta de la noche salgo de la oficina, me subo a mi auto y me dirijo hasta este lugar donde por una cuantiosa suma de dinero puedo ver a través de un espejo doble mientras una pareja de actores porno hacen lo que mejor les sale.

No tengo ninguna preferencia en particular, sólo tengo una condición y es que la chica acabe. En algún punto me pregunté si el gusto por observar a otra mujer deshacerse bajo el devastador efecto de un orgasmo me hacía lesbiana. Después de un tiempo no le di más vueltas al asunto. Creo que en el fondo me gusta mirar porque me imagino a mí misma en esa situación, experimentando esas sensaciones y eso despierta algo del deseo salvaje que guardo en mi interior y que ningún hombre ha podido saciar.

Es viernes, son las nueve y treinta de la noche y me preparo para irme. Tengo más calor que cuando llegué, como siempre me pasa. Mi cuerpo experimenta algo de las sensaciones que le robé con los ojos a mi intérprete sexual, fue una escena memorable.

Abro la puerta para salir y suena mi teléfono. De inmediato me meto de vuelta a la habitación donde estaba y acallo al maldito aparato atendiéndolo en seguida. Se supone que mi presencia aquí debe pasar inadvertida.

Tras media hora de discutir con mi socio sobre unos problemas del trabajo que no vienen al caso, finalmente logro salir de esa habitación lo más rápido que puedo. El tiempo se pasó volando, yo ya no debería estar aquí.

—¡Auch! —es lo único que alcanzo a decir después de chocar con algo, ¿o alguien?

—Perdón, no te vi.

Mi cerebro en seguida se pone en alerta. Esa voz me resulta muy familiar…

Estoy de rodillas, torturada por mi falda tubo y mis tacones aguja, juntando los papeles y mi bolsa que se cayeron al piso. Levanto la vista y veo al protagonista de mis escenas de los viernes. Me mira con una sonrisa de lado disfrutando de mi despliegue de torpeza. Bajo un poco la vista intentando disimular mi vergüenza y me quedo mirando su entrepierna que atrapa un bulto considerable.

¿Pero cómo puede ser si acaba de…?

Pero no puedo pensar más. Finalmente se apiada de mí y me tiende una mano para ayudarme a levantar. Se la tomo porque con esta maldita falda sería casi imposible hacerlo por mis propios medios.

Una vez recobro una postura más digna musito un «gracias» y me doy la vuelta para salir del bendito edificio, cuando su voz perturba nuevamente el hilo de mis pensamientos.

—Espera, no te vayas así.

Mi cuerpo obedece a su mandato, mi mente intenta reestructurarse. *¿Me está dando órdenes? Yo soy la que da las órdenes, siempre, siempre… Es lo que la gente espera de mí, pero me agota, me agota hacerlo todo el tiempo. Esto se siente extraño, que otra persona me dé una directiva tan simple y verme tan afectada. Pero creo que me gusta.*

Al siguiente segundo está a mi lado, tomándome por la cintura y arrastrándome hacia afuera. Me tiene desconcertada, ni siquiera atino a resistirme y él se muestra tan natural en esta actitud dominante…

—Te acompaño a tu auto. ¿Dónde lo dejaste?

—Es ese —digo señalándolo.

—Lindo coche.

No sé si se hace el disimulado pero no le da mayor importancia. Todo el mundo babea por ese auto, en especial los hombres pero en él no parece surtir mayor efecto.

—La verdad es que necesito que me lleves. Es lo menos que puedes hacer por retenerme hasta tan tarde.

No puedo creerlo. Debo estar mirándolo con cara de idiota porque prácticamente está aguantando la carcajada. *¡Qué descarado! ¿Quién se cree que es? ¿Y quién cree que soy yo? Definitivamente no tiene ni idea o lo sabe disimular muy bien. Mmm. Eso no tiene por qué ser malo. No le voy a dejar saber que me tiene descolocada.*

—Está bien. Te llevo. Súbete.

Tras unos momentos de incómodo silencio me pregunta algo que hace que todos mis planes de parecer en control de la situación se vayan por la borda.

—Entonces, ¿por qué lo haces?

—¿Por qué hago qué? —pregunto intentando sonar despreocupada.

—¿Por qué pagas por ver sexo? No me tomes a mal, estoy más que contento con el pago extra. Sólo pregunto por curiosidad. ¿Te calientas para ir con tu marido?

—Insolente.

—No tengo marido.

—¿Novio, amante?

—No. —Me está haciendo enojar. ¿Qué le importa mi vida?

—Entonces, ¿por qué lo haces?

—No te importa.

—¡Para!

—¿Qué? No vas a tratarme así ¿Qué te piensas?

—Que pares porque esa era mi casa.

—Mierda. —Clavo los frenos y doy una marcha atrás un poco descontrolada.

—Esa de ahí.

—Paro frente a la dichosa casa y me quedo mirando al frente mientras él se baja. Cierra la puerta y se asoma a la ventanilla.

—Ven, todavía no me contestas lo que te pregunté.

—No puedo, tengo cosas que hacer.

—Te aseguro que conmigo te vas a divertir más. No me hagas arrastrarte hasta adentro. Ven.

Y otra vez la firmeza de sus órdenes me desarma por completo. Bajo del auto y voy tras él mientras no pierdo de vista su apretado culo que se mueve deliciosamente frente a mí. Lo conozco bien, muy bien.

Entro a la casa y me sorprende otra vez cuando se empieza a desvestir sin miramientos; camisa, zapatos, medias, pantalón y engancha los pulgares en el borde del bóxer. Se detiene por un momento, mira por arriba de su hombro y me ve con la peor cara de hembra en celo de la historia, observándolo de forma lasciva. Se sonríe satisfecho y termina de desnudarse.

—Me voy a dar una ducha. ¿Quieres venir? —El descarado se da vuelta y se ve que le está gustando bastante este jueguito porque su pene está completamente erecto.

No puedo evitar mirar ahí fijamente y saborearme. Cuando me doy cuenta de lo que acabo de hacer siento que mi rostro se incendia.

—Si me acompañas, te dejo darle una probadita —dice agarrándoselo con una mano.

—Esto no es una buena idea —murmuro pero mis palabras no me las creo ni yo. Sigo con la vista clavada en su pene, lo deseo, lo deseo tanto. Siento que mi capacidad de razonamiento se extingue. Esta vez puede ser diferente a las otras, él no sabe quién soy, no espera nada de mí. Tal vez me pueda dar lo que necesito. Me muerdo el labio, dudando, pero él decide por mí. Avanza hacia donde yo estoy, me toma por la cintura y me aprieta contra su cuerpo desnudo, restregando su erección contra mi pelvis. Libera mi labio con su pulgar y me besa aunque decir que esto es un beso es un eufemismo. Me está devorando la boca, su lengua embebida con su saliva busca la mía, la subyuga, la posee mientras sus labios se funden con los míos. Me está dejando sin aire, sin alma, sin sangre. Tan violentamente como me arranca ese beso, lo termina. Me deja jadeante, sedienta de más, totalmente descontrolada. Me mira a los ojos y se sonríe triunfante. El muy desgraciado sabe que me tiene en sus redes y yo no pretendo zafarme de ellas.

—¿Te vas a duchar conmigo o no?

Asiento, incapaz de emitir sonido.

—Muy bien. Entonces hay que desvestirte.

Se pone de rodillas frente a mí sin dejar de mirarme y coloca sus manos en mis tobillos. Tortuosamente lento comienza a subir por mis piernas mientras yo siento que toda mi piel hierve. Llega hasta el borde de mi pollera, se detiene por unos segundos y se mete por debajo. Con sus pulgares acaricia muy suavemente la parte interna de mis muslos. El calor que siento en mi entrepierna se está tornando insoportable. Él avanza más y más hasta llegar a mi sexo. Presiona con sus dedos y masajea por encima de mis *panties*. Estoy tan húmeda que seguro ya las empapé. Cierro mis ojos disfrutando de esas caricias. Estoy apoyada en sus hombros y mis piernas se sienten extrañas.

Deja de hacer lo que se sentía tan bien y yo vuelvo a la realidad brevemente porque en seguida toma mis *panties* y me las baja hasta el piso. Salgo de ellas y él rápidamente atrapa el borde de mi falda y me la hace cinturón, dejándome completamente expuesta.

—Mmm, ¡qué sorpresa! Completamente depilada. Tengo que probar esto.

Y sin más, lame todo mi sexo, saboreando mi excitación que no logro mantener dentro de mi cuerpo. Un patético jadeo surge desde mis entrañas. Mis piernas me fallan pero él me sostiene, apretándome el culo y obligándome a mantenerme en pie. Abro más mis piernas. Quiero más, mucho más. Él lo entiende.

—Viciosa… —alcanza a decir susurrándole más a mi sexo que a mí, pero yo insisto en responder.

—Sí… —Tiro de su pelo pero esto parece desafiarlo porque entierra su lengua en mí, mojándome cada vez más—. Ah, sí… —gimo totalmente fuera de mí.

Otra vez interrumpe su ataque abruptamente. Se levanta y empieza a deshacer los botones de mi blusa. Rápidamente llega hasta el último botón y desprende también los de los puños. Apoya sus manos en mi cuello, me besa otra vez y va deslizando sus manos por mis hombros y mis brazos, llevándose consigo mi blusa que cae en el piso segundos después.

Mi pecho delata mi respiración entrecortada y superficial. Me envuelve en un abrazo apretado y accede al broche de mi sostén desprendiéndolo y despojándome de él. Sin esperar un segundo más, ataca mis pechos, chupando, lamiendo y mordiendo de forma despiadada.

Por favor… Siento que mis pezones van a explotar de tanto placer mezclado con dolor también. Es una mistura exótica, peligrosa. Siento que me pierdo. Las piernas otra vez me fallan, las siento temblar.

—Parece que no te puedes mantener en pie. Arrodíllate, vas a estar más cómoda.

Me lo dice mientras me acaricia el pelo. Conozco sus perversas intenciones pero no puedo hacer más que seguirle el juego. Deseo tenerlo en mi boca, deseo probarlo, lo hice desde la primera vez que lo vi.

Me dejo caer sobre mis rodillas, lo tomo con ambas manos y con urgencia me lo meto en la boca todo lo profundo que puedo. Mmm. Sabe más delicioso de lo que me imaginé. Él marca el ritmo con su mano en mi nuca agarrándome del pelo, ejerciendo su control sobre mí. Se siente bien, tan bien, tan liberador.

—Ah, sí, sí —emite un ronco gemido.

Tras unos segundos me tira un poco más fuerte del pelo haciendo que me detenga.

—Basta —me dice con voz firme. Me obliga a levantarme tomándome de los hombros y después me arrastra hasta su cuarto llevándome de la muñeca. Aún tengo los tacones puestos por lo que voy caminando un tanto torpe.

¿Qué va a hacer ahora? La expectativa me está matando y me encanta, me encanta todo este misterio. Llegamos al cuarto y se coloca de espaldas a mí. Me alisa la falda sólo para desprenderla y quitármela del todo. Me toma de la cintura y se pega a mi cuerpo, colocando su erección entre mis nalgas. Me besa y lame los hombros y el cuello y yo no hago más que ofrecérselo, me entrego más y más a sus caricias. Su mano viaja por mi vientre y se desliza más abajo, sus dedos exploran mi sexo palpitante, expectante por sus caricias. Hunde dos dedos en mí, sin previo aviso, mientras me sujeta fuerte de la cintura. Estoy elevándome rápidamente, sintiendo oleadas de placer cada vez más juntas, cada vez más fuertes. Mi cuerpo se convierte en pura sensación. Me empuja más hacia la cama, obligándome a arrodillarme encima de ella. Me presiona la espalda todavía sosteniéndome de la cintura. Obedezco sin decir una palabra, pegando mi pecho a la cama, extendiendo los brazos hacia delante. Estoy abierta, completamente expuesta para él, puede hacer conmigo lo que quiera.

—Abre las piernas —me susurra al oído y hago lo que me pide. Siento que se aleja, dejándome exhibida. Mi cuerpo se contorsiona involuntariamente. Estoy demencialmente caliente. Ya no puedo más, estoy al borde de la explosión. ¡Qué tortura! ¡Qué deliciosa tortura! Siento que se acerca a mí otra vez por detrás.

—Qué hermosa vista —dice con voz ronca y yo me siento desvanecer.

Me acaricia las piernas deslizándose hacia mis pies y me quita los zapatos. Después vuelve a subir por mis piernas hasta mis nalgas y pone una mano en cada una de ellas. Su cuerpo está fresco en comparación con el mío que arde. Siento su aliento en mi sexo, exhala sobre él para hacerme desear todavía más. Me empieza a dar pequeños besos por mis labios, en mi clítoris, por todo mi sexo y de pronto empieza a subir y me sobresalto cuando su húmeda y caliente lengua moja mi ano. Instintivamente lo contraigo.

—No, no, no —me dice advirtiéndome—. Relájate que te va a gustar.

Dudo un segundo y accedo. Hoy es el día de experimentar.

—Eso es, muy bien.

Me mojo incluso más con su saliva. Siento cómo el exceso se desliza hacia mi sexo abierto, luego un dedo introduciéndose lentamente en mi ano mientras sus dedos expertos hacen delicias en mi clítoris.

—Ah, sí, más… —ruego en una lastimosa súplica.

—¿Más?

—Sí, por favor.

—¿Cuánto más?

—Todo lo que quieras. —No me reconozco en estas palabras de rendición, pero es demasiado tarde cuando me doy cuenta de su alcance. Siento su pene en la entrada de mi vagina colocándose, empujando apenas, tentándome. Quiebro aún más mi cadera y en un solo movimiento conciso me penetra hasta el fondo, hundiendo a su vez su dedo en mi culo. Los dedos de su otra mano se aferran a mi cadera.

—Ah, sí… —grito con todas mis fuerzas. Se siente extraño, raro, pero exquisito. Es casi demasiado, demasiadas sensaciones a la vez. Empieza a moverse y a mover ese dedo dentro de mí cada vez más rápido, más duro. Mi cuerpo ya no puede resistir más la sobre estimulación, los temblores se hacen cada vez más violentos, más juntos entre sí. Me voy lejos, lejos, ya llego y un segundo antes de que todo estalle logra alcanzar mi pezón y lo pellizca y retuerce con vicio. Exploto en un orgasmo salvaje, bestial. Mi cuerpo tiembla, se arquea, se quiebra en mil pedazos y se vuelve a juntar para estallar otra vez. Lloro y me río al mismo tiempo, incrédula, enloquecida, no entiendo nada, absolutamente nada. Él retira su dedo invasor. Me toma con ambas manos de las caderas y me embiste una y otra y otra vez haciéndome reflotar en mi orgasmo.

Gime, gruñe, me dice cosas entre dientes apretados que no puedo llegar a entender. Todo lo que me rodea se evapora, todo menos él y yo.

Sale de mí y yo caigo rendida, exhausta, jadeante, volviendo a la realidad tras haber experimentado algo que no sabía que podía existir. Pero sé que esto no terminó aún. Me da vuelta y me mira sonriendo, satisfecho con lo que acaba de hacer. Me toma por las rodillas y las lleva a mi pecho. Se coloca encima de mí y me penetra otra vez. Muerdo mi labio con fuerza, sorprendida de sentir este delicioso cosquilleo en mi vientre, este efecto residual del orgasmo exquisito y desproporcionado que acabo de experimentar. Él aumenta el ritmo de sus embestidas. Su respiración se acelera y su rostro se contrae concentrándose en su fin. Yo no puedo creer que esté escalando otra vez rápidamente al ritmo de sus embestidas, hecha un ovillo bajo su cuerpo, recibiendo su sudor en mi piel. Me penetra a un ritmo casi imposible. Todo su cuerpo tenso, el mío también, jugando una carrera secreta para ver quién llega al orgasmo primero.

Tras unas pocas embestidas más, y casi sin poder moverse por la tensión de su cuerpo, sale de dentro de mí, se quita el condón y acaba sobre mi cuerpo, marcándome, dibujando hasta la última gota de su placer en mí. Yo estoy temblando por el erotismo de lo que acaba de hacer y porque me llevó hasta el borde y me dejó ahí, colgando del abismo. Me sonríe con la perversión pintada en su cara y se lanza a devorar mi sexo mientras me penetra con sus dedos a un ritmo frenético, plegándolos de vez en cuando, haciendo que me retuerza del placer. Así, con su lengua luchando con mi sexo y sus dedos bailando en mi interior, estallo por segunda vez, convulsionando, pateando, arañando y gritando. Él me sostiene firme de la cintura y eso intensifica incluso más esta sensación arrolladora.

Unos momentos después, las sensaciones van disminuyendo, él quita sus dedos, se los chupa mirándome a los ojos y se arrastra por mi costado hasta llegar a mi boca. Me besa profundamente haciéndome beber mi propia excitación y me encanta mi sabor mezclado con su propia saliva y con la mía.

Se deja caer a mi costado y tras unos segundos de silencio habla.

—¿Mejor que mirar?

—Mucho mejor —respondo en una exhalación.

Después de descansar un rato, finalmente nos vamos a duchar.

Creo que mis citas de los viernes van a ser un poco diferentes de ahora en delante.

Alfredo Ruiz Islas

México

 Alfredo Ruiz Islas (Ciudad de México, 1975) es historiador y escritor. Además de dedicarse a la enseñanza y la divulgación de la historia, escribe novelas, cuentos, relatos cortos, microrrelatos y hasta nanorrelatos. Algunos de ellos han aparecido en revistas literarias y en compilaciones editadas en México, España, Chile, Argentina y Estados Unidos. Esos mismos, junto con algunas de sus novelas, han sido acreedores a distintos premios en México, España, Argentina y Estados Unidos. Vale la pena mencionar, entre otros, el I Concurso Literario San Antonio de Areco (Argentina), el XXV Concurso Literario Timón de Oro (México), la IX edición del Premio Sexto Continente de Relato Histórico (España), las dos primeras ediciones del Concurso Internacional de Relatos Pecaminosos (Estados Unidos) y el Premio Nacional de Literatura para Jóvenes Fenal-Norma (México). En 2016, su novela *Sombras de Nadie* fue incluida, por el Banco del Libro (Caracas, Venezuela), dentro de las ganadoras en la XXXVI edición de Los mejores libros para niños y jóvenes.

La visita

—¿Me amas?

Le digo que sí. Así es esto del romance. Del romance que tiene lugar al interior de un auto viejo. Con mi sueldo, no aspiro a mucho más.

—Deberás hablar con mi padre.

¿Su padre?

—Mañana nos espera a la hora de la cena.

¿Su padre?

—Vístete como la gente. Y, por favor, péinate.

Me asfixio. Bajo un poco el vidrio de la ventanilla y respiro hondo. No tiene caso.

—¿No crees que vamos muy rápido?

—No veo por qué lo dices.

—Parece algo muy formal. Un poco prematuro.

Enciendo un cigarrillo. Le acaricio una rodilla por debajo de la falda.

—Es buena persona. Te va a encantar.

La última vez que escuché eso fue cuando trabajé en un circo. ¿Yo? ¿Atender al león? Te va a encantar. Pasé tres semanas en un hospital mientras los injertos se adherían a mi nalga. Y por poco pierdo una mano. La misma que ahora se mueve a lo largo de su pierna. La pierna de ella, se entiende. Al león lo mandaron de vuelta al África la siguiente semana. Al África o con el taxidermista, no recuerdo.

—No tengo ropa.

—Solo no vayas en tus fachas habituales. Un pantalón que no sea de mezclilla y un suéter sí tienes, ¿o no?

Tengo un suéter. Parece como si lo hubiera robado de un museo dedicado a César Costa, pero lo tengo. En cuanto a pantalones, algo encontraré en el armario.

—¿Por qué me pides que vaya peinado? ¿Te doy vergüenza?

Me pone una mano en la mejilla. Tomo la iniciativa y le planto un beso largo y profundo. Demasiado profundo. Jadea pasados tres minutos. Nos separamos. Esto es serio.

—No me das vergüenza. Te amo como eres y así me gustas. Nada más te pido que te peines.

—¿Una coleta o dos?

—Ninguna. Alísate el cabello. Que no parezcas una mala copia de Albert Einstein.

—¿Sin gorra?

—Sin gorra.

Ahora paso mi mano por su muslo. Es suave.

—¿Y de qué se supone que debo hablar con tu padre?

—Es un hombre muy culto. Puedes hablarle de lo que te venga a la cabeza.

—No me refiero a eso.

Lo piensa un poco. Tarda en hallar una respuesta. La pongo en aprietos al subir un poco más la mano. Me encuentro con el hilo de su tanga y jugueteo con él.

—Podrías contarle qué intenciones tienes conmigo.

—No podría. Me tacharía de indecente.

Suelta una carcajada. Aprovecho para cogerle una nalga.

—Algo más debe de haber en tu cabeza.

—Sí. Pero es privado.

Se inclina hacia mí y me besa en la frente. Tal y como lo hacía mi abuelita. Solo que ella, cuando se inclinaba, no me dejaba ver hasta su ombligo a través del escote. Además, yo no miraba.

—Ten confianza. No será tan malo como te lo imaginas.

Lo mismo te dice el dentista. Después, cuando acerca las tenazas, te das cuenta de que te ha engañado del modo más vil.

—Sigo pensando que no es una buena idea. ¿Y si lo dejamos para después?

—¿A qué le temes?

Tengo mil ejemplos a la mano. Expongo los dos más obvios.

—A no caerle bien. A abrir la boca y que me salga una idiotez.

—Pero si eres encantador.

No lo dudo. Para muestra de mi encanto, la beso otra vez. Le meto la mano por debajo de la blusa. Suelto el broche del sostén. Repaso su espalda con las uñas. Se pone a jadear de nuevo. De nuevo nos separamos.

—No basta con ser «encantador». ¿Y si cree que te has liado con un imbécil?

—Peores cosas ve en la televisión.

—Oh.

Se ruboriza. Como no tengo nada mejor que hacer, enciendo otro cigarrillo.

—No quise decirlo.

—No tiene importancia.

—Toda su vida ha trabajado en un supermercado. ¿Crees que algo pueda espantarlo?

Desconozco las cualidades que asisten a los supermercados como espejos de la vida cotidiana. Sin embargo, como muestrario de barbaridades no dejan de tener lo suyo.

—Supongamos que voy. Supongamos también que me acepta. ¿Y luego?

—¿Luego? Nada.

—Entonces no veo razón alguna para conocerlo. No por ahora.

—Creeré que solo estás jugando conmigo.

—Puedo jugar contigo.

La beso una vez más. Y al diablo con los jadeos. Nos pasamos al asiento posterior. Le subo la blusa y la falda. Hacemos el amor como posesos. Un poco incómodos, pero posesos al fin y al cabo. Si alguien pasa cerca, creerá que el auto sufre un ataque epiléptico. Doce minutos después estamos de nuevo en el asiento delantero, un poco desgreñados y sudorosos, pero muy contentos. O algo así.

—Esos juegos me agradan.

—Jugaremos entonces esta clase de juegos. Caso cerrado.

—No entiendo tu negativa. Es solo mi padre.

Tengo un problema con los padres. Comenzando por el mío, un cretino bueno para nada.

—Me da miedo.

Se enternece. Me toma la mano con suavidad y se la lleva a los labios.

—No hay de qué temer. ¿Qué crees que pase?

—No lo sé. ¿Es de los que se meten en todo?

—No. Esa era mi madre.

Por fortuna, su madre escapó con el tipo de la carnicería hace un par de años. Nadie ha vuelto a saber de ella desde entonces.

—¿Hace preguntas incómodas?

—Por lo general, no. Salvo que te incomode decir dónde vives y en qué trabajas.

Podría ser un problema. Vivo en un barrio infecto. Y no sé qué opinión tenga sobre los profesionales de la pedicura.

—¿Bebe?

—A veces. Ha comprado un par de botellas para mañana.

—¿Y si me pongo ebrio?

—¿Con un poco de vino?

—A mí me basta con dos dulcecitos de anís y una maroma para ponerme perdido.

Le divierte mi dilema. Que, por otra parte, es completamente serio.

—¿Y entonces qué harías? Quiero decir, si te pusieras ebrio incontrolable.

—Podría desgreñar a tu padre.

—Es calvo. Completamente.

—Destrozaría la casa.

—No tenemos gran cosa. Salvo el televisor.

—Te violaría sobre la mesa del comedor.

—Antes tendría que enviar a mi padre a su recámara. Y no sería difícil.

No se me ocurre nada más. Negarme sin razón sería estúpido. Me juego mi última carta.

—¿Por qué tiene que ser forzosamente mañana?

—¿Para qué postergarlo?

—¿Para qué precipitarnos?

Se ofende. Lo noto con claridad.

—Si no quieres ir, no vayas. Comienza a no importarme.

Ahora quiere romper. La conozco.

—Por favor. Déjame pensarlo.

—¿Más?

Ahí vamos con la cantaleta. La tengo tan sabida que yo mismo podría recitármela.

—Te la has vivido pensándolo.

—Debo estar seguro.

—¿Seguro de qué? ¿De que me amas?

—Solo quiero cerciorarme de que no cometo un error.

—¿Yo soy un error? ¿Estar conmigo es un error?

Conocemos muy bien el guion. Extremadamente bien.

—Estar contigo es lo único que me apetece en esta vida.

Añadiría que también me apetece una limonada. Con mucho hielo.

—¿Entonces?

—Conocer a tu padre es un gran paso. Un paso enorme.

—¿Y no quieres dar ese paso?

—Sí, por supuesto. Contigo daría cualquier clase de paso.

Ya está. Me he echado la soga al cuello. Ahora se pone melosa.

—No le des más largas al asunto. ¿Qué te cuesta conocer a mi padre?

A él le costará sus dos buenas botellas. A mí, un poco de tiempo.

—Sea pues. Iré. Pero no me culpes si no le gusto.

Me da un beso. En la mejilla. Esperaba un premio más jugoso, pero así es esto.

—Te lo agradeceré eternamente. No sabes cuánto esperé este momento.

Sí que lo sé. Lo omito por simple pudor.

—¿A las siete?

—Está bien.

Me abraza. De verdad está feliz. Ni que fuera para tanto. Enciendo el auto para llevarla a su casa.

—No me lo creo.

—Velo creyendo. Mañana, a esta misma hora, sabrás si tu padre me aprueba o si le parezco un gusano repugnante.

Se recuesta sobre mi hombro. La muevo un poco para encender otro cigarrillo.

—Amor, ¿cómo vas a parecerle un gusano? ¿Crees que mi padre consentiría que su hija, su único retoño, mantuviera durante quince años una relación con un gusano repugnante al que, para colmo, no conoce sino en fotos? Es consecuente, pero no estúpido.

Podría tener razón, aunque a ciencia cierta no lo sé. Hay cada padre en este mundo que para qué contarlo.

Y todavía creo que nos estamos precipitando.

Raúl Clavero

España

Vivo en Madrid desde el cambio de milenio, pero nací en 1978 en Salamanca, donde estudié Filología Hispánica y un máster de Guion para Televisión y Cine. Hasta ahora he trabajado fundamentalmente como guionista y redactor para varias productoras de televisión y radio. He obtenido premios de guion en concursos como el Rovira-Beleta, y desde finales de 2011 he empezado a concursar también en certámenes de relato breve; obteniendo en este tiempo más de ciento cincuenta premios, como el Europe Direct de Cáceres, el concurso internacional de relatos de la Semana Negra de Gijón, el Ciudad de Marbella, el Villa de Montánchez, el Camilo José Cela de Padrón, el Ciudad de Elda, el Kimetz de Ordizia y el José Calderón Escalada de Reinosa, entre otros.

El conflicto

—No me suele gustar la literatura erótica. La mayoría de relatos carecen de conflicto. Me aburren. No son más que una sucesión de orgasmos, cuerpos sudorosos y jadeos.

—A mí me encantan los cuerpos sudorosos y los jadeos. Y los orgasmos, claro.

—Pero tú no cuentas.

—¿Por qué?

—Porque tú sólo eres el personaje de mi historia, un arquetipo meramente sexual, y yo soy el autor, busco algo más que sudor y jadeos.

—Un conflicto.

—Sí. Deseos contrapuestos. Obstáculos. Un arco de transformación en el protagonista. Ese tipo de cosas.

—Pues me parece muy bien, pero, ¿sabes? Yo lo único que quiero es pasar un buen rato. Recuerda que me has dejado plantada junto a una muralla romana de una ciudad que no conozco.

—Coria.

—¿Coria?

—Sí es que, según las bases del concurso, parte del relato debe desarrollarse en Coria.

—Bien, pues me has dejado tirada en la muralla romana de Coria. Llevo esperando más de una hora y aún no ha pasado nada, ¿no podrías hacer que conociera de una vez a alguien?

—Lo siento, de verdad que lo siento. Me he quedado atascado.

—Sí es sencillísimo. No sabes el fiestón que hay por aquí.

—Las fiestas de San Juan. Eso también lo pedían en las bases.

—Está lleno de gente, y a mí me vale cualquiera. Ese chico moreno, por ejemplo, o esa pareja que se abraza, quien sea, pero te juro que como no reciba alguna caricia en las próximas páginas me voy a buscar a otro escritor.

—Sí, quizá eso sería lo más conveniente.

—¿Puedo hacerte una pregunta?

—Dime.

—¿Por qué has empezado este relato?

—Por el concurso de relatos eróticos.

—¿Por el concurso?

—Sí... No. No lo sé.

—¿No lo sabes? Yo creo que sí que lo sabes, ¿te lo digo? ¿Te digo por qué has empezado a escribir este relato?

—A ver, deslúmbrame.

—Por mí. Este relato lo escribes por mí. Porque me imaginas, a todas horas, me imaginas a tu lado o debajo de ti. O sobre ti, cabalgándote como una amazona descontrolada. Me imaginas hasta cuando no quieres imaginarme. Por eso me has hecho unas piernas largas y unos pechos pequeños y firmes. Por eso te has entretenido medio folio en describir el color de las uñas de mis pies. Por eso tengo un culo redondo y grande, claramente desproporcionado con respecto a las dimensiones del resto de mi cuerpo, para que puedas bucear en él siempre que quieras. Estoy convencida de que fantaseas a menudo con la posibilidad de que yo fuera tu esposa o tu novia. Porque eso es lo que quieres, ¿verdad? Una novia viciosa. Sí. Muy viciosa, tanto que creo que incluso te gustaría que ahora me escapara con cualquier mozo del pueblo, aprovechando el barullo del encierro, te gustaría seguirnos hasta un callejón, y mirarnos agazapado entre las sombras. Mi espalda arqueada, mis dedos clavados en mi amante, mi boca entreabierta, mis ojos en blanco. Gimiendo, gimiendo, gimiendo, ¿te gustaría eso?

—No... no sé.

—O a lo mejor lo que prefieres es una buena escena lésbica, ¿sí? Imagina. Es verano. Hace mucho calor. Yo tomo el sol desnuda en la piscina de nuestro chalet adosado. De repente sale al jardín la estudiante de intercambio que alojamos por unos meses. Una estudiante rusa. O noruega. O brasileña. Y me ve. Y me pregunta con su acento exótico que si también ella puede tomar el sol. Y yo le digo que sí, que claro, que por supuesto. Y se desnuda. Y se tumba junto a mí, en otra hamaca. Hay una cubitera entre las dos. La estudiante toma un par de hielos y me los desliza suavemente por mi cuello, por mis brazos, por mi vientre. Siento cómo la piel se me eriza. Ella se me acerca. Más y más. Sus labios rozan los míos. La punta de su lengua se pierde entre mis dientes. Tú nos ves desde el salón. El cristal de la ventana nos separa. Te tocas despacio por encima de tu bañador. Deseas unirte a nosotras. Te mueres por venir y poseernos como un animal salvaje. A las dos. Por turnos. Durante horas. Quieres hacerlo pero no puedes. No puedes. No puedes, ¿sabes por qué?

—No... no.

—Porque no existimos, querido. Nunca podrás rozarnos siquiera junto a ninguna piscina porque no somos reales.

—Ya.

—Bueno, pues ahí lo tienes.

—¿Ahí lo tengo? ¿Qué? ¿Qué tengo?

—¿Qué va a ser? El conflicto.

Sergio Gaut vel Hartman

Argentina

Sergio Gaut vel Hartman es un escritor, editor y antólogo argentino nacido en Buenos Aires el 28 de septiembre de 1947. Sus primeras publicaciones se produjeron a inicios de la década de 1970 en la revista española *Nueva Dimensión* y en diversos fanzines de la época como *Kandama*, *Tránsito* y *Máser*. En 1982, mientras era parte del equipo de redacción de la revista *El Péndulo*, dio impulso al movimiento que fundaría el Círculo Argentino de Ciencia Ficción y Fantasía. Al año siguiente creó y dirigió el fanzine *Sinergia*. Durante 1984 fue director editorial de la revista *Parsec*. Un año después, tras ver publicados varios de sus cuentos en la revista *Minotauro*, apareció su primer libro de cuentos, *Cuerpos descartables*. Una novela de su autoría, *El juego del tiempo*, quedó finalista del Premio Minotauro, aunque no fue publicada por temas de política editorial y aún permanece inédita. En cambio, se publicó la novela corta finalista del premio U.P.C., *Carne verdadera*. En noviembre de 2009 salió su segundo libro de cuentos, *Espejos en fuga* y en 2011 el tercero, *Vuelos*. Actualmente coordina talleres de escritura personalizados y encabeza varios proyectos de compilación de antologías temáticas. Las más recientes son *Grageas 2*, 2010; *Ficciones en diez tiempos*, 2011; *Tricentenario*, 2012; *Todo el país en un libro*, 2014; *Grageas 3*, 2014; *Cien páginas de amor*, 2015; *Minimalismos*, 2015; *Peón envenenado*, 2016, *Espacio austral*, 2016; *Extremos*, 2016 y *Latinoamérica en breve*, 2016. Sus cuentos han sido traducidos al inglés, francés, portugués, italiano, alemán ruso, griego, búlgaro, japonés, hebreo y árabe. Su biografía apareció en Latin American Science Fiction Writers, An A to Z Guide, editada por Darrell B. Lockhart en los Estados Unidos de Norteamérica.

Una pulsión irresistible

La vi y el universo se desmoronó. Era ella, ¡ella! Era la mujer que había estado buscando, la que idealicé y soñé y dibujé cada día de mi vida. Por eso seguir el impulso, alcanzarla, fue lo primero que se me cruzó por la cabeza, aún antes de tener una idea cabal de la naturaleza del deseo, aún antes de saber si la deseaba o no. Eso sí: la había imaginado como la más lúbrica diosa pagana, sacerdotisa de un culto bestial y prohibido, desquiciado; la propietaria exclusiva de las promesas más insensatas, que luego vería cumplidas con creces, no tenía la menor duda. Supe que sería capaz de las proezas sexuales más suculentas y excesivas, me poseyó la certeza de que nunca había habido otra antes y no volvería a encontrar otra en el futuro. Pero no me apresuré, no señor. Esperé, sí señor. Esos placeres, me dije, deben ser saboreados desde el principio hasta el final, sin prisas. Por eso preferí deslizarme con suavidad, manteniéndome casi invisible, hasta quedar a su lado para ronronear con afectada ingravidez unas palabras de elogio, algunos piropos y groserías. Ella no se dio por aludida y redobló el paso, repiqueteando con sus enormes zapatos de plataforma metálica sobre la acera brillante de orines y óleos. ¡Perfecto! La caza es un arte superior solo si la presa ofrece resistencia. Debería refinar mis maniobras para obtener la máxima recompensa, sí señor. Aguardaría el instante preciso, conteniendo la ebullición hasta el límite de mis fuerzas, y no precipitaría el asalto, no señor.

Honré en su justa medida cada segundo transcurrido mientras observaba las formas de la mujer que se abría paso entre la multitud usando sin modales los hombros, codos y caderas. ¡Exquisita! Ni más ni menos como me gusta. Y tuve mi premio. Fue un premio fugaz y quizás exorbitante, pero al cruzar la calle en dirección a la plazoleta del General Salvatierra, ella me dirigió una sonrisa escasa, tenue, como si me estuviera espiando por encima del hombro. ¡Bravo! Había llegado el momento de responder a la señal emitiendo a mi vez un delgado sortilegio de luz; maniobré para quedar en posición. Fue en ese maldito momento que el humo acre de un inesperado adversario se atravesó en la escena, eclipsando el neón de una leyenda política que tendría que haber pasado inadvertida, y fue el momento en que ella se alisó la falda, marcando sus contornos con las manos. Sé que me precipité, pero era en ese instante o nunca. No podía desoír el embate biológico, la inequívoca llamada hormonal. Bramé, comprimido y agónico, lanzando mi furia al aire y actué velozmente, disparando una certera ráfaga que puso al adversario fuera de combate, encendiéndolo como un fuego de San Telmo.

La mujer se detuvo, petrificada por el estupor. Pero ya era tarde. Trató de huir, de ponerse en fuga. Pero ya era tarde, repito, sí señor; nada podría impedir que consumara el acto anhelado, no señor. Aunque ella trató de correr, de poner distancia, aceleré de cero a cien en un instante y me impulsé hacia ella con un movimiento que fue a la vez caricia y choque; salto de tigre, zarpazo, dentellada. Toda la masa de metal se aplastó contra las turgentes formas y las hizo estallar en mil fragantes pedazos, a tiempo para que yo experimentara un feroz, sublime orgasmo de cromo y plástico.

Sin mirar atrás, con púdico y turbado esplendor, abandoné la escena de la consumación, mientras los pétalos de una flor perpleja se cerraban sobre el cuerpo muerto y yo, ansioso, me apresuraba a buscar y encontrar un lugar secreto y oculto en el que limpiar las inevitables huellas rojas del amor.

Francisco Juan Barata Bausach

España

Me llamo Francisco J. Barata Bausach, no soy escritor, estoy aprendiendo a escribir. Soy un tipo mayor, ya con 64 años, que nunca antes había escrito literatura.

Bueno, como está feo mentir, os diré que por mi curro de economista, ahora en paro, estaba muy, pero que muy acostumbrado a escribir sobre temas profesionales y reconozco que no me costaba nada hacerlo, al contrario de otros colegas para los que escribir un informe o incluso un correo era un suplicio. Mis pinitos, de momento no se me dan mal.

Pero, resulta que en mayo del año de la corrupción (2014), me da por empezar a escribir, bueno a intentar hacer literatura.

Escribo porque me gusta, lo he descubierto tarde, pero ahora me apasiona. Y también escribo para demostrar a esta sociedad en la que los empresarios y las instituciones han decidido condenarme a la jubilación, porque parecen creer que mi experiencia hay que tirarla a la basura, que yo no acepto la condena, no me quiero jubilar, lo veo tan lejano y pienso, estoy seguro, que sí que valgo, por lo menos para escribir, capullos, que no se enteran.

En eso estoy desde entonces, escribiendo, relatos de momento, venero las novelas, pero me vienen grandes todavía. Hasta la fecha he escrito muchos relatos y concursado en muchos certámenes, me parece una buena forma de practicar y aprender. Desde mayo del 2014 he conseguido seis primeros premios, dos segundos premios, seis terceros premios, cincuenta y cuatro finalistas (uno en México, dos en Argentina, uno en Colombia y uno en Ecuador) y sesenta y cuatro seleccionados para antologías (uno en Chile).

Una mujer de escalofrío

La vi en el descansillo de mi piso, introducía la llave para abrir un apartamento. Me prendó su figura esbelta, pantalones ajustados de locura, cintura descubierta por un top negro, subrayando una piel de porcelana. Al oírme, miró, bailando su negra melena para que la acompañara, con un rostro cincelado en marfil, ojos negros, tan profundos, que al fijarme en ellos un escalofrío recorrió mi cuerpo.

Su insondable mirada me arrastró al fondo de un abismo sensual, inquietante, una sima sensitiva, perversa y... solo al cerrar su puerta, pude salir del pozo donde me estaba deslizando.

Tomé un ansiolítico para poder relajar la inquietud que aquella mujer, bella, extraña, me causó.

A los pocos minutos, la química me durmió profundamente, hasta que, perdida la noción del tiempo, escuché abrirse la puerta de mi habitación. ¿Estaba soñando?, ¿me desperté?, lo cierto es que la mujer del descansillo estaba en el dintel de la puerta. Vestía tanga negro, tacones de infarto, su blanca piel irradiando la oscuridad.

Impresionantes ojos, que, de tan negros, antes me absorbieron la mente, y ahora refulgentes, con un intenso tono rojizo, liberaron un escalofrío que recorrió mi columna.

Sentado en la cama, pretendía dilucidar qué era aquello, dónde vagaba mi mente, cuando ella, con un movimiento plagado de sensualidad se inclinó ante mí, recorriendo con lenta cadencia la lengua por mis labios, besándome con una pasión por la que sentí que cualquier prevención me abandonaba y de rodillas, con delicadeza, cogió mi pene entre sus manos, lo introdujo en su boca, sorbiéndolo, extendiendo lengüetazos de lujuriosa intensidad y mientras el placer recorría todos los poros de mi piel, me di cuenta que sus manos, gélidas, no transmitían el calor que de su boca sentía, el que sentí cuando más que besar, me sedujeron sus labios.

En plena excitación, intensa y cálida, se puso en pie, y tumbándome con desdén se sentó a horcajadas, con lentitud calculada, introduciendo mi falo penetrando su sexo y entonces, una sensación intensa sacudió mis terminaciones nerviosas, un escalofrío que mezclado con placer desconcertaba mis sentidos, en una argamasa de lujuria y miedo. Su mirada nubló mi razón cuando su profundidad me volvió a arrastrar hacia una sima poblada de extrañas criaturas.

De su mano recorrí una gruta siniestra, las extrañas formas parecían esconderse entre la penumbra del lugar, llegamos a una sala, redonda, jalonada de columnas y en el centro, una cama, sedas negras por sábanas vestida, y sentado, un hombre hermoso, mármol blanco su cuerpo, desnudo, el falo erguido, mirándome, y otra vez unos ojos de refulgente rojo anularon mis prejuicios cuando de la mano de la mujer a su lado me senté y ella empujó, lenta, sensual, mi cabeza, hasta engullir con pasión por mi parte, ese falo tan enhiesto que saboreé con deleite. La mujer besaba mi cuerpo recorriendo con su lengua mi piel, entreteniéndose en mi oscuro túnel, haciendo de todo mi cuerpo fuego, pasión, y rodeando mi cintura asió el pene, masturbándolo mimosa, con sus manos gélidas.

Simultánea explosión, él se fue en mi boca, yo hice lo mismo en la mano de ella, descargas recorrieron mi cuerpo, las chispas surgidas brillaban en la sala y entonces, liberado del relámpago apasionado que mi cuerpo retenía, explayado de gozar, en ese momento…creo que desperté.

Abrí los ojos, sudoroso, cansado, sentado en mi cama, la puerta cerrada. Pensativo, al apoyar la mano noté la húmeda y viscosa sensación del semen. Un regusto extraño impregnaba mi boca, no podía ser, lo descarté. Debió ser un sueño. El ambiente cargado, una sensación de perversidad me envolvía.

Miré el reloj, eran las nueve de la mañana, me duché y salí. Me molestaba tener la sensación de haber vivido un sueño que parecía tan real.

Otra vez, en el descansillo, antes de tomar el ascensor vi que estaban entrando muebles en el apartamento de la mujer de negro; asombrado, me acerqué a un hombre, preguntándole:

—Buenos días, soy Luis, el vecino de enfrente, ¿estáis renovando muebles?

—Encantado, soy Miguel Luján, tu nuevo vecino.

—¿Cómo que nuevo vecino? Anoche vi entrar a una señora, por cierto muy hermosa, en tu apartamento —contesté confuso.

—¿Anoche?, imposible, sería en la puerta de al lado, nos trasladamos a vivir aquí hoy mismo; anoche el piso estaba vacío, lo puedes comprobar.

—¿Vacío? —indagué mientras él me invitaba a asomarme. El piso estaba totalmente desnudo, sin mueble alguno—. ¿Tu mujer no pudo venir anoche a traer alguna cosa? —pregunté, no entendía nada.

—Ojalá. Está internada desde hace días en un centro, problemas de ansiedad. Mira su foto, te convencerás que no era la misma mujer —contestó mientras sonreía, seguro pensaba que llegué perjudicado, borrachuzo, a casa.

Cuando observé la foto, ¡era la misma mujer! Quizás su presencia en el apartamento era por algo, que desde luego no sabía el marido. Pidiéndole disculpas por el error, ofrecí mi ayuda para lo que necesitara.

Los días pasaron sin rastro de la mujer. Por el contrario, cada noche mis sueños eran más calientes, con ella en mis brazos, haciéndome el amor, acariciando su sexo, corriéndome en su boca, realizando juegos que a veces rayaban en lo perverso. Por las mañanas, la misma polución en mis sábanas, me había corrido, el cansancio que sentía me hacía pensar que debía ser algo más, pero ¿cómo?, no encontraba explicación a la lujuria que cada noche creía practicar.

A las pocas semanas pasé una noche apacible, sin ningún sobresalto.

Me acuerdo porque mi exnovia, Vanesa, llamó para avisarme que al día siguiente estaría en Valencia. Si la invitaba a casa, me pagaba la cena. Acepté encantado, cenar y acostarme con Vanesa era un lujo. Era una mujer increíble, pero tan libre, sin ataduras, que después de dos años de novios, recibió una oferta de trabajo en París y la aceptó. Me dejó, sin acritud, sin broncas, convenciéndome que debía seguir su carrera, pero que nunca me olvidaría. Ante la contundencia de sus argumentos, con una noche de sexo increíble, me resigné a perderla.

Llegó Vanesa con el tiempo justo, según su costumbre. Se cambió, solo un interminable morreo, y en un taxi nos fuimos al restaurante que la tecnología desde París había reservado.

Llevaba un vestido blanco, escote generoso, ajustado como una segunda piel. La cena fue deliciosa, me contó sus aventuras en París, «sin importancia, pero el cuerpo tiene necesidades», me dijo. Yo le conté las mías, aunque sin mencionar a la mujer de negro. En el fondo todavía pensaba que podría tratarse de un sueño, no sé si malo o bueno, pero que debía guardar para mí.

En la sobremesa, achispados por el buen vino que era nuestra perdición, susurró insinuante que no tardaría en trasladarse a Valencia. Me preguntó si consideraría volver a empezar. «Por supuesto, aún te quiero Vanesa» fue mi respuesta. En ese momento la copa de vino se derramó, enrojeciendo su vestido. Un escalofrío recorrió mi espalda, era la mujer de negro, veía su imagen desnuda, sonriente. Aparté de la mente esa imagen. Quisimos volver a casa, nos apetecía lo mismo, no cabía duda.

En mi habitación nos desnudamos, devoré insaciable sus pechos, paseé mi lengua, lamiéndola, por un camino conocido que me llevó al sexo, húmedo, abierto para mí, que, goloso, con lujuria imposible de contener, degusté. Dulzura intensa, insaciables lengüetazos, mis mordiscos, los besos, arrebataron a Vanesa, arqueando su pelvis y viniéndose incontenible en mi boca, jugos que voraz recibí. Fue cuando oímos la puerta. Otra vez en el dintel, desnuda, imponente, afilados tacones, mirada refulgente, acariciándose el sexo, se nos acercó. Vanesa, me miró desconcertada, empezó a decir, «Luis, no sé si estoy preparada para un trío...», pero cuando miró sus ojos, se sentó en el borde de la cama y asió con pasión los pechos de ella, amasándolos, devorándolos, y lo que pasó entre los tres...excede mi capacidad de relatar lo que fue una orgía sin inhibiciones, con orgasmos de ellas y míos, compartiéndonos los tres, sin ningún prejuicio, un sexo salvaje, bordeando perversidad, hasta que extenuados, catarata de orgasmos finales, todo cesó.

Sin darnos cuenta un sopor, tinieblas confusas, nos envolvió.

Cuando desperté, la habitación estaba oscura. Noté la mano viscosa, no me extrañó, recordaba todo, ¿todo? La presencia de la mujer de negro se difuminaba, pero con Vanesa a mi lado, pronto saldría de dudas. La toqué, todavía dormía. Me levanté y abrí las cortinas, la luz entró a borbotones, volví para despertarla. Horrorizado vi su cuerpo ensangrentado, destrozado, con el cuchillo inserto en el pecho, las cuencas de los ojos vacías. Enloquecido, desnudo, gritando, salí al descansillo, resbalé y caí mientras chillaba.

El nuevo vecino, abrió su puerta, me vio lleno de sangre, no le pude decir nada, entró en mi piso, salió demudado, sacó el móvil y llamó aterrorizado a la policía, mientras yo, entre aullidos de dolor, gritaba que todo era obra de su mujer.

No tardó en llegar la policía, mi agitación era imparable, cuando vieron el espectáculo me pusieron las esposas, insistiendo en que me tranquilizara.

Llegaron más policías, el SAMUR, inspectores, yo con una manta cubriéndome, sentado en una silla intenté explicar lo sucedido, me costó gran esfuerzo, no me salían palabras, sólo balbuceos, gemidos de terror. Con la ayuda de los sanitarios, me fui tranquilizando, lo suficiente para contar más detallado lo sucedido, desde la primera vez que vi a la mujer de negro. Los inspectores tomaban nota, se miraban escépticos. Luego hicieron pasar al vecino, preguntando por su mujer. Contestó lo que me dijo a mí, mientras yo chillaba que era mentira, que estuvo con nosotros en la cama. Miguel me miraba tan asombrado como los policías. Con una llamada al centro médico confirmaron que Laura Pérez, la mujer de mi vecino, estuvo allí toda la noche. Por su comportamiento paranoide, estaba sedada, por supuesto, ni había abandonado el centro, ni despertado en toda la noche.

Después de esto, confundido, mis manos manchadas de sangre, me dieron algo de ropa y del juzgado de guardia sin dudar el juez me mandó al siquiátrico forense para que me evaluaran.

Mis síntomas me hacían parecer a sus ojos como un loco, no me creían, todas las pruebas me acusaban. A expensas de que las huellas del cuchillo me confirmaran como el asesino, me mandaron al siquiátrico.

Cuando los policías me entregaron a los médicos, estaba bajo los efectos de la alta dosis de tranquilizantes que me habían suministrado para controlar mi histeria, todo lo sucedido escapaba a mi percepción de la realidad. Estaba empezando a aceptar mi locura, quizás en verdad maté a Vanesa. Pero mi mente se negaba a admitirlo, la quería, no podía ser... no pude hacerlo.

Me llevaron a una habitación, entré en una somnolencia profunda.

Más tarde aparecieron los doctores, me hicieron repetir la historia, sus miradas ahora eran hieráticas, algunas preguntas rompían su silencio, tomaban notas, uno de ellos apuntó una serie de cosas y le dijo a un enfermero que me aplicara el tratamiento de choque, hasta nueva orden.

Cuando se retiraban, entre ellos vi, incrédulo, al hombre desnudo de cuerpo de mármol, al que le hice la felación, estaba seguro. Grité con las pocas fuerzas que me quedaban que era él; pero cuando se volvieron, él fue el único que esbozó una leve sonrisa. Preguntaron de qué hablaba, decidí callar, de momento, pensé, si aún eso podía hacer, que era una tontería contarles que conocía a ese doctor, no iban a creerlo.

Parecía profundamente dormido por los calmantes recibidos. Escuché la puerta abrirse y allí, como siempre, estaba ella, guapa, desnuda, con sus tacones. La escuché hablar por primera vez: «Esa furcia no te iba a apartar de mí». Vi al doctor, también desnudo, entrando detrás, sonriendo. Ambos se acercaron, me desnudaron, él introducía su pene en mi boca, ella engullía el mío; desde ese momento la lujuria se estaba apoderando de mí, todo se volvía a repetir.

Ahora, ni sé el tiempo que ha pasado, sigo aquí, encerrado de por vida en este siquiátrico, recordando toda la lujuria nocturna, sabiendo que jamás podré salir de aquí…hasta que la mujer de negro me deje partir.

Gastón Irigaray

Argentina

Gastón Irigaray, Mar del Plata, Argentina, 1975. Estudió licenciatura en Psicología, profesorado de Dibujo y Pintura Artística, y Música. Es asistente de la secretaría de Niñez y Adolescencia de la Provincia de Buenos Aires, donde dicta talleres de arte para jóvenes en conflicto con la ley penal. Fue publicado por el Concurso de Cuentos Haroldo Conti, 2003. Ganó el 1° Premio del Concurso de Cuentos Meps 2004 de la Universidad Nacional de Mar del Plata. Seleccionado para la edición de su primera novela, *Carta de una Cautiva*, por Ediciones Oblicuas 2014, Barcelona.

El erotómano

Las revistas y los libros de la repisa han sido seleccionados por mi psicoanalista. Los almohadones del sillón y las fotografías colgadas en la pared, no. A ella no le gusta esa decoración marroquí de bordados dorados ni las reproducciones en baja definición del Central Park y la Quinta Avenida. Quizás son elección de la otra profesional con la que comparte el consultorio. En cambio, esa revista de arte con su artículo sobre *El Beso* de Gustav Klimt y el libro de Marguerite Duras, apenas asomando su lomo rosado, cuyo título sugerente sólo puede estar dirigido a llamar mi atención, los eligió Mariana. Lo sé porque no soy cualquier paciente, uno más. Tengo en claro que entre nosotros hay una conexión especial, una velada atracción mutua que ella no ha podido aceptar. Sus represiones, fuerzas que insisten en contra de los deseos inconscientes según he leído de Sigmund Freud, se lo impiden. Pero estoy seguro de que tarde o temprano verá las señales adecuadas y encontrará el camino para vencer sus resistencias. Reconocerá lo divino que hay entre nosotros.

Lo nuestro trasciende lo meramente ilusorio que tienen muchos amores de duplicaciones falsas y absurdas. Sé bien de qué se tratan esos espejismos. Ya me he enfrentado a esos artificios de emociones que se asemejan al amor. Ese canto de sirena provino de una psiquiatra que me atendió cuando sufrí un ataque de pánico. Estuve internado un par de semanas en un neuropsiquiátrico. Pero fue debido al agotamiento por el trabajo y no otra cosa. Había pasado semanas sin dormir pintando en mi atelier, no porque necesitara dinero, vivo sin preocupaciones gracias a la herencia que me dejaron mis padres, sino porque tenía que sacarme de encima ciertas exaltaciones del alma. Sublimaba como todo artista, pero el exceso de trabajo me dobregó. Por un tiempo, debido al mismo estrés, creí que esa psiquiatra, a quien prefiero no nombrar en mis pensamientos, me amaba. Pero me di cuenta de lo confundido que estaba y aquel paso por la falsa verdad, sin embargo, tuvo una recompensa. Fue esa psiquiatra quien me derivó con Mariana.

En la sala de espera vuelvo a leer el título del libro que sobresale en la repisa. *El Amante*. Dios, el mensaje no puede ser más claro. Mariana deja inconscientemente esos detalles desperdigados para mi interpretación. Es como si me dijera: «Ves, eso es lo que siento por ti, por favor encuentra la forma de que todo esto suceda».

Mariana es mi otra alma, un espíritu velado que necesita ser conducido a la verdad, una burbuja contenida en el coral que debe salir a la superficie a respirar. Sonrío. La puerta del consultorio se abre y Mariana despide al paciente de las doce y media que para mí es, aunque lo he visto una decena de veces, un rostro desconocido, una sombra, el maniquí de un decorado, una figura fuera de foco, el extra de una película, sólo existe para anunciar el previo ingreso a mi sesión.

La contemplo iluminada por la luz de la tarde, radiante, y sus ojos color avellana se posan en mí y no puedo más que conmoverme y temblar. Atenea vuelve al Partenón, la Venus se mira en el espejo y la dama del armiño me sonríe. Veo esa marca tan particular en su rostro, ese hoyuelo casi imperceptible que se forma en la comisura de sus labios cuando sonríe. Aprecio su táctil y generosa figura, sus caderas, sus piernas, sus bajos hombros y me estremezco al contemplar su piel blanca como la espuma. La imagino danzando junto a las *tres Gracias* de Rubens o como Lucrecia de Cranach, con la daga en su pecho desnudo, o la maja deslumbrando a Goya. Al fin se detiene ese tiempo infinito de espera y me hace pasar al consultorio. Entro. Me siento frente a ella. Intento contener mis emociones, no demostrar la ansiedad, pero mi pie inquieto me delata. Mariana ha dejado la cortina de la ventana levantada. Le gusta que el consultorio esté iluminado.

—¿Le molesta la luz, Julián?

—No.

—¿Cómo ha estado estos días?

—Bien. Pintando. Estoy trabajando en una tela de dos metros cuadrados. Óleo. Pinto todo el día y a toda hora y no duermo.

—¿Y qué está pintando?

—Pinto su rostro.

—Bueno Julián, precisamente de eso quería hablarle. Estuve pensando en lo que le sucede y creo que…

—Sí, desde luego, sí…

—Siéntese, Julián, por favor.

—Está bien. Perdón.

—Creo que no estamos avanzando —me dice—. No veo que en estos últimos meses hemos hecho progreso. No creo que este espacio terapéutico le esté permitiendo… ¿Me está prestando atención?

—Estoy mirando sus manos.

—¿Mis manos?

—Sí, quiero tocarlas.

Mariana no sabe qué hacer con sus manos a partir de ese momento. La veo incómoda. Evidentemente siente que la acaricio mentalmente, que rozo con mis dedos su palma. Ella debe tener necesidad de tocarme también, pero se contiene. Deja caer su cuaderno de notas sobre su regazo y oculta sus manos debajo.

—Deberíamos interrumpir el tratamiento. No veo progresos y hasta creo que el vínculo terapéutico se ha vuelto iatrogénico.

—¿Iatrogénico?

—Perjudicial.

—¿Y por eso piensa que debemos terminar el tratamiento?

—Sí. Pero no se preocupe, voy a derivarlo. ¿Qué piensa, Julián?

Balbuceo algunas palabras, asiento con mi cabeza, le digo que sí, que lo entiendo y paso el resto de la sesión respondiendo con monosílabos. Estoy en otra parte, conteniéndome, eufórico, alegre, desbordante y victorioso. Casi no puedo contener mi emoción o evitar sonreírme. Estoy seguro de que Mariana diluye el vínculo terapéutico para darle una oportunidad a nuestra relación. No le digo nada y dejo que la situación fluya, que tome su debido cauce. Le doy su tiempo. No puede ser de otra manera. Mariana no lo va a reconocer. Siente temor. Y está bien. A quién no le asustaría reconocer ser parte de algo divino, completo, absoluto. Pero es mi deber como hombre bendecido por esa emoción, su amor, allanarle el camino a Mariana para que regrese a mí. Regrese, sí. Porque fuimos uno desde el origen de los tiempos y en otras vidas. Nos reencontramos millares de veces como amantes en diferentes periodos de la historia. Fuimos animales de largas colas reproduciéndonos en bosques de helechos, fuimos cazadores en crudos inviernos extintos, fuimos plebeyos y reyes y esclavos huyendo, fuimos amantes separados por el odio de sus familias, colonos en las Américas viviendo en fortines y fuimos salvajes indios. Y sufrimos vínculos difíciles, imposibles y penosos. Fuimos fenómenos de circo arrastrados por Europa para la diversión de las personas, a veces nacíamos con el mismo sexo, otras fuimos hermanos o siameses separados al nacer o un monje y su feligresa. También hubo existencias solitarias cuando nacíamos en extremos opuestos del mundo, en lugares inhóspitos, inaccesibles. Cuando todo intento de estar cerca resultaba inútil y envejecíamos en soledad, mirando las mismas estrellas, pero en diferentes partes del mundo. He registrado esa memoria arcaica, ahora despierta en mí, en cada lienzo que he pintado. Algún día espero que Mariana pueda verlos y reconocerse en ellos. En mi atelier la esperan esos cuadros como postales de otros tiempos y otras vidas. Pero esta vez no tendremos que pasar por esos periodos de imposibles encuentros. Aunque nos hemos reencontrado como paciente y médico, estoy convencido de que podremos despertar ese destello que nos ha unido desde siempre.

Apenas salgo del consultorio de Mariana voy a mi atelier y destrozo el retrato que estoy pintando. Ya no lo necesito. Pronto estaremos juntos. Sólo debo estar atento y cerca de ella, esperar. No debo dejarla sola. Por suerte, previendo que este momento podría llegar, tengo mis recursos. Mandé a intervenir su celular, así que sé todo el tiempo dónde se encuentra; y a través de un troyano, tengo acceso a su computadora portátil. Tuve que contratar a un *hacker* para hacerlo y gastar dinero, pero valió la pena. Estoy cerca de ella por si me necesita. Porque en algún momento se dará cuenta de lo que siente por mí, tendrá un instante de revelación como lo tuve yo y deseará que esté yo ahí para que la contenga. Cuando sea invadida por esa necesidad imperiosa de que esté a su lado yo me presentaré.

Luego de destruir el cuadro regreso a mi hogar donde me baño, afeito y preparo una mochila con todas las cosas que necesitaré para pasar los próximos días cerca de Mariana. La primera noche de vigilia la paso frente a su casa en una plazoleta, oculto detrás de un arbusto. Tengo unos binoculares para observarla. Mariana no tiene la costumbre de cerrar las persianas, sólo corre unas finas cortinas color ámbar que dejan ver su silueta circulando por el *living* o su pieza, y con eso me conformo. Además, sigo sus movimientos de celular por GPS y tengo mi *notebook* con suficiente batería para que cuando llegue a su casa y se conecte, yo pueda observarla. Veré su pantalla duplicada en la mía y hasta podré acceder a su cámara web. Mariana regresará cerca del atardecer de su clase de Pilates, su doctor le recomendó ese ejercicio por su sobrepeso. Lo sé porque encontré algunas recomendaciones escritas de su médico clínico, revolviendo su basura, y el folleto de inscripción al gimnasio.

Mientras espero el regreso de Mariana pienso en cuánto le cambiará la vida cuando estemos juntos. Actualmente su soledad me abruma. Cada vez toma más horas de consultorio porque no quiere regresar a su casa. A pesar de su formación como psicoanalista, y de su propio análisis, a Mariana se le dificulta entablar vínculos duraderos, hacer amigos o tener una pareja. Ni siquiera tiene familiares. Mariana perdió a sus padres cuando era niña y fue criada por su abuela materna quien, lamentablemente, falleció hace unos años. Una de sus actividades preferidas es dar interminables paseos por el supermercado arrastrando un carrito de compras y la otra es pasar la noche entre tazas de té y barras de chocolate, leyendo sus novelas de Corín Tellado hasta que la encuentra la madrugada. Así de aburridos y tristes son sus días libres.

A las nueve de la noche llega Mariana, puntual, cansada. Lleva un bolso de gimnasio rosa que no había visto antes. Como siempre, prende todas las luces de la casa. No cena. Se prepara una taza de té y va a su escritorio donde tiene su computadora y la enciende. Yo también enciendo mi *notebook* para ver lo que ella ve. Paga unas cuentas de servicios *online*, entra a la página del colegio de psicólogos y luego abre su correo electrónico, alguien le ha enviado por *mail* una invitación para un encuentro y ella le responde que acepta. Sé que todas las noches entra un rato a un chat de solas y solos. Ha estado chateando con un don nadie, pero creí que no se concretaría el encuentro. No me preocupa. Cierro mi computadora portátil. Va a ser una larga noche.

A las diez de la mañana ya estoy en el *shopping* donde acordaron verse. Qué predecible es Mariana, ha elegido como lugar de reunión el café en el patio del centro comercial donde suele ir a terminar de leer sus novelas y pasar las notas que toma a mano de las entrevistas con sus pacientes. No temo el encuentro. Pero de todas maneras me siento en la obligación de acompañarla. Apoyo la cintura en la baranda del segundo piso. Revisa su celular, lee su novela. Se la nota inquieta. Lo siento, Mariana. Lamento que caigas también en espejismos, en falsas ilusiones. Pronto te darás cuenta de que tu corazón late por mí, que me amas. Pide un segundo café. Mira a su alrededor. La hora acordada se pasa. Lamento que tengas que decepcionarte, pero no te preocupes que yo estoy cerca. Ese hombre no valía la pena, no era para ti y me he encargado de que no te moleste. Anoche, sí. Pagas la cuenta y te vas. Creo que estás llorando.

Corro detrás de ella. Ya no resisto verla angustiada. No aguanto más sentir lo que siente. Bajo corriendo las escaleras eléctricas en el sentido contrario, arremetiendo a cuanta persona se cruza en mi camino. Me gritan. Alguien intenta golpearme. No me importa, lo esquivo y sigo corriendo. Atravieso el café tirando algunas mesas. La gente me insulta. Pocillos de café y platos con masas finas caen a mi alrededor. Al fin alcanzo la salida del *shopping*. Tengo que calmarme. Estoy desbordado y me cuesta respirar. No quiero que Mariana se preocupe al verme así, agitado, conmovido, a punto de colapsar. Pero no tengo otra opción. La veo en la senda peatonal. Temo perderla entre la gente. Grito:

—Mariana.

—¿Qué hace aquí, Julián? —me dice sorprendida al verme.

—Camino a su lado.

—¿Vino a hacer compras en el *shopping*? —me pregunta como si no hubiera escuchado mi respuesta.

Tiene los ojos llenos de lágrimas.

—No, la estoy acompañando.

—¿Acompañando? —pregunta acelerando el paso entre la gente.

—Sabe por qué estoy aquí. Abra su corazón. No puede seguir negándolo.

—No estoy para contenerlo en este momento, Julián.

—Sé que debe ser un período difícil. Debe haber sentimientos que la invaden y no comprende. Pero ha llegado el momento.

—¿De qué está hablando, Julián? ¿Fue a la analista que le recomendé?

—No la necesito —le digo intentando buscar su mirada.

—Llámela, Julián, por favor, o en todo caso nos vemos en el consultorio.

—El consultorio, no. Por algo me derivó. Rompió nuestro vínculo porque empezó a sentir cosas por mí. Reconózcalo.

—No sé de qué está hablando, Julián. Si se siente mal puedo acompañarlo a la guardia del neuropsiquiátrico o puedo llamar a un acompañante terapéutico. Pero tiene que calmarse.

—Hoy iba a tener una cita con un hombre y la dejó plantada.

—¿Cómo?

—Sé todo sobre su vida.

—¿Me ha estado espiando?

—La acompaño en su camino de regreso a mí.

—Mire, Julián, todo tiene un límite.

La tomo del brazo para que sienta mi contacto. Pero Mariana hace un movimiento brusco y se aleja de mí. No puedo retroceder ahora, tengo que seguir avanzando. Quizás estos sean lo momentos culminantes, determinantes, finales. No puedo abandonarla. Corre y yo la sigo. Desesperada y aturdida por todas esas emociones que la invaden cruza la calle con el semáforo en rojo. Le grito para advertirle. Un taxi pasa a toda velocidad y no alcanza a esquivarla. La embiste y la arroja hacia la vereda. Al caer se golpea la cabeza con el borde de la acera. El taxista pierde el control del vehículo y termina chocando con otro auto estacionado a unos metros. El humo invade la calle y las personas se aglomeran alrededor del accidente. Aparto a la gente que la rodea, me arrodillo junto a ella y la tomo de la mano, pero está inconsciente y respira con dificultad. Sé que se va a recuperar, que esto es sólo otra prueba. No puede ser de otra manera. Le digo que no se preocupe. En breve estaremos juntos. De pronto sé qué tengo que hacer y me apresuro a sacar de su bolsillo su documento de identidad y todas sus tarjetas. Nadie me ve hacerlo. Nadie me lo impide. Esto está escrito.

La ambulancia se detiene en el medio de la calle y los paramédicos se abren paso entre la gente. Despliegan una camilla junto a ella y sostienen su cabeza con un cuello ortopédico.

—¿Usted la conoce? —me pregunta uno de los paramédicos.

—Es mi mujer, mi pareja.

—Bueno, venga con nosotros.

Suben la camilla y abordo la ambulancia junto a Mariana. Al llegar al hospital ingresamos a la sala de urgencia. Luego de unos minutos trasladan a Mariana al quirófano para una operación. Los médicos deben realizarle una intervención a nivel lumbar. Parece que ha sufrido una fractura en la columna.

En la sala de espera paso un par de horas. No me preocupo. Sé que todo va a salir bien. Nuestro destino es estar juntos. Una enfermera que ha asistido en la operación se acerca a mí y me informa que han logrado salvarle la vida. Pero ha habido complicaciones y Mariana está en estado vegetativo.

—¿Qué es eso?

—Coma. No sabemos cómo puede evolucionar. Tal vez pase mucho tiempo antes de que despierte. Lo siento.

—Vamos a superarlo.

—¿Hay algún pariente al que quiera avisar? Puede usar el teléfono del hospital.

—No. Sólo somos los dos. No hay nadie más.

—Va a ser un camino doloroso la recuperación. Hemos hecho todo lo posible.

—No importa. La voy a llevar a mi casa. Tengo dinero. Puedo comprar todo lo que necesite. Todo lo que necesite para mantenerla con vida aunque no despierte.

—Tranquilícese. No diga esas cosas. Va a estar en el hospital en observación. Precisamos ver cómo evoluciona su caso.

—Está bien —le digo a la enfermera.

—Sé que la noticia es difícil de recibir. Cualquier cosa que requiera no dude en pedírmelo.

Debo esperar. Pronto estará a mi lado. Para siempre. No podía ser de otra manera. Seremos un solo ser nuevamente. Miro el corredor del hospital, en el otro extremo una pareja se besa, escucho el llanto de un bebe, un afiche en la pared advierte de los cuidados que hay que tener al hacer el amor. Todos los detalles son señales de su presencia. Sonrío. Sé que me ama.

Mariam Diéguez Sánchez

Cuba

La Habana, 1990. Narradora. Graduada de Bachiller-Técnico medio en Bibliotecología. Graduada del Curso Anual de Técnicas Narrativas del Centro Onelio Jorge Cardoso. Actualmente trabaja en la Biblioteca Histórica Cubano-Americana Francisco González del Valle, en el Colegio de San Gerónimo de La Habana Vieja. Mención en el Encuentro-Debate de Casas de Cultura Municipal 2013. Premio en el Encuentro-Debate de Casas de Cultura Municipal 2014 en cuento infantil y adulto. Gran Premio en el Encuentro-Debate de Casas de Cultura Provincial en cuento infantil. Es miembro del Taller Literario Espacio Abierto y Ariete. Ha publicado en las revistas digitales *Korad* y *Qubit*. Le encanta pasar horas leyendo y dormir con su gato.

El maestro

A mi amigo Edgar
A mi hermano Osmel
Y, cómo no, a Alex.

Una de las cosas que más guardo en la memoria fue su primer día de clases. Mis latidos cogieron ritmo y los ojos se quedaron clavados en su imponente figura. Mi compañera de mesa me dio un codazo, y murmuró un «qué bueno está» que me hizo sonrojar. Todos en el salón lo miraban, no era nada común tener un profesor de ese tipo. Era un hombre sensual y alto, corpulento, ojos azules, pelo rubio y largo, piel tostada por el sol.

Con paso seguro se dirigió a su mesa, dejó sus cosas y garabateó un nombre en la pizarra. La tela blanca de su camisa de algodón y los movimientos felinos de su mano hacían notar unos hombros poderosos. Laura, en la mesa de al lado, se mordió los labios relamiéndose en una mueca lasciva. Rebeca, en la mesa de enfrente, le lanzaba papelitos a Sandra. Y Ofelia asentía satisfecha mientras que a Joanna se le salían los ojos.

Los muchachos miraban a las jóvenes con sorna o se hacían señas entre ellos para mostrar su desacuerdo. Incluso Adrián fue más lejos y soltó un comentario irónico. El hombre se volteó y tras mirar a todos, señaló su nombre.

—Me llamo Joan.

Conté alrededor de diez suspiros, incluyendo el mío. No solo tenía la figura perfecta de semidiós, sino que su rostro era una viril bendición deseada por cualquier hombre, además de sus gestos, y esas piernas enloquecedoramente fuertes que se notaban por lo apretado de sus *jeans*.

El maestro fue motivo para chismear durante los primeros meses en el Tecnológico. Se hicieron numerosos comentarios acerca de su procedencia y vida privada. Al principio pensaban que era extranjero, la deducción era lógica por el tono de su pelo casi albino.

No lo era, pero su padre era danés y la madre alemana. También tenía un hermano en Bélgica, conocimiento que transmitió él mismo cuando Laura descaradamente le preguntó si era de otro país. Luego nos enteramos que era casado y tenía un hijo de tres años. Ofelia fue la encargada de averiguarlo una tarde que lo siguió hasta su casa. Vio que una mujer muy linda lo esperaba sentada en el portal de su hogar, balanceándose en un sillón de madera. Él la besó en la boca y mientras iba hacia dentro, Ofelia distinguió a un pequeñito rubio correteando a su alrededor e intentando treparsele encima.

Joan causaba sensación a toda hembra del colegio, no caminaba por un suelo de rosas de puro milagro. Pero era bastante frecuente que recibiera noticas, piropos, flores, e inclusive bromas pesadas de los muchachos.

El tiempo pasó, y mientras mis compañeras se obsesionaban con él de una forma infantil, bromista, e incluso inocente, mis sentimientos por el profesor comenzaron a dejar huella. Escuchar su voz era motivo suficiente para ser feliz. Y cuando sus ojos caían sobre los míos, para hacerme una pregunta, mis nervios me hacían gaguear. La negación también me afectaba. ¿Quién era yo para enamorarme de él? ¿Y qué lograría con eso? Al principio traté de reprimir ese sentimiento con dureza. ¿Por qué iba a fijarse en mí cuando todas las jóvenes del colegio lo pretendían, e incluso algunas maestras? ¿Por qué iba a fijarse en alguna cuando estaba casado?

No pasó mucho tiempo antes de obtener mi respuesta. Y hoy en día me cuesta trabajo creerlo. Lo primero en sorprenderme fueron sus miradas constantes, después, esas miradas pasaron a comentarios de cualquier cosa, o a preguntas sin importancia si nos encontrábamos por los pasillos. Finalmente, una tarde me pidió quedarme después de clases, para ayudarme en el arreglo de un trabajo.

Los nervios difícilmente me dejaban respirar, y me dolía la garganta del nudo que se me había hecho. Pero él estaba sereno, y me mostró el trabajo que le entregué con las faltas señaladas.

—Te admiro mucho como estudiante para darte una mala nota. Creo que puedes hacerlo mejor. Si necesitas ayuda…

Y sus ojos… aquellos ojazos azules… sentí ganas de salir corriendo. ¿Se notaría tanto mi amor por él? ¿O mi desespero? Pensé en ese momento, y lo sigo creyendo aún, que el maestro no tenía cuarenta años por gusto. Claro que notó mi nerviosismo, mi inquietud acentuada por la soledad y la puerta del aula cerrada. Y para calmarme, comentó que yo me parecía al personaje de una novela. Fue así como empezó la conversación. A la novela, que yo había leído también, le siguió la versión cinematográfica. Después, otras novelas y otras películas. Luego mis amigos, los suyos, los gustos personales, los pensamientos privados... Estuvimos charlando más de una hora, ni noté cuándo fue el momento en que logré relajarme. Joan me habló de su mujer, de lo mucho que la quería, y de lo poco que tenían en común.

—Ella no es mala —aseguraba—. Es fina y cariñosa. Me gusta como atiende a nuestro hijo y como logra resolverlo todo con una actitud increíble. La admiro. Pero hay otras cosas en el matrimonio que también son importantes. Tú no te has casado, y ojalá, si te casas, no te ocurra jamás lo mismo que a mí.

—¿Y eso qué es, profesor?

—No puedo acostarme con ella.

No pude evitar soltar una risita. Creo que en el fondo me alegré.

—Sí, desgraciadamente la palabra sexo no habita en nuestro matrimonio. Y lo peor del asunto, es que yo soy el culpable.

Ya eso no me hizo mucha gracia.

—¿En serio? ¿Tiene usted problemas para...?

—No —cortó rápidamente, luego se echó a reír—. No, no es lo que crees, lo que pasa es que no me gusta ella. Hace cuatro años dejó de gustarme, desde que quedó embarazada. Yo estuve en el parto y... no sé, no he podido verla con los mismos ojos. Sé que es cruel, pero desde entonces me he sentido asqueado, y jamás me atrajo sexualmente después de eso. Es una lástima que me ocurra a esta edad, pero me gusta la gente joven, y al ser madre, en cierta forma dejó de serlo.

El rostro debió de ponérseme colorado. Así que al maestro le gustaban jóvenes. Pensé por un momento que yo pudiera gustarle pero me horricé. No, era imposible. ¿Por qué iba a fijarse en mí? Después de todo, por más que hubiéramos hablado, yo no lo podía creer. Por eso, cuando dejó caer su enorme mano sobre la mía y me miró con expresión ardiente, casi me derrito en la silla.

—Me gustan jóvenes, como tú.

Suspiré, y mis labios temblaron como la mano que yacía bajo la suya. Él lo supo, y sospeché que había notado siempre mis sentimientos por encima del fanatismo de las otras. Y su boca se acercó suave, cálida, posándose sobre la mía. Y su lengua se abrió paso, recorriendo todos los rincones de mi boca inexperta. Y, pronto, sus enormes brazos me cargaron, sosteniéndome con las piernas enlazadas a su cintura. Sentí su miembro duro y grueso. Desnudarnos fue cuestión de segundos. Pronto me hallé contra la mesa, de espaldas a él, sintiendo cómo me acariciaba con la punta de la lengua y agarraba mi sexo, apretándolo. La penetración fue dolorosa, tanto que se me escapó un grito. Pero el orgasmo fue divino.

Ni siquiera recuerdo cómo llegué a casa aquella tarde. Solamente tenía cabeza para pensar en sus caricias, sus fuertes manos, el rítmico movimiento de sus caderas, y su experta boca. Iba casi flotando, repasando imágenes de minutos atrás. Pero al llegar a mi habitación no pude evitarlo y me miré al espejo ¿Por qué yo? Era claro que había tenido suerte, pero... ¿por qué a mí? Laura, Ofelia, Rebeca, todas jóvenes y bonitas, incluso más que yo. Todas agradables, sensuales... ¿Qué tenía de especial mi figura? Si yo solo era un muchacho pelinegro, pecoso y afeminado, el clásico *nerd* a quien muchos desprecian por rarito. ¿Por qué yo?

Diego Niño

Colombia

Bogotá, 1979. Autor del blog *Tejiendo Naufragios* del diario *El Espectador* y columnista del portal *Panorama Cultural de Valledupar*. Ganador del Primer Concurso Literario Guillermo Meneses y de las maratones de cronistas de Rock al Parque y de La Semana por la Paz.

Emboscada

El aguacero arremetía en oleadas contra la pista de aterrizaje. La mayoría dormitaba sin importarle el frío que entraba por las rendijas. En la sala sólo había dos pantallas: la de la izquierda anunciaba que los vuelos se habían cancelado por la tempestad y en la otra Brendan Fraser actuaba al lado de Elizabeth Hurley en *Bedazzled*, una película que se tradujo en Latinoamérica como *Al diablo con el diablo*.

Probablemente ese fue el mejor momento de la carrera de *sex-symbol* de Elizabeth. En casi todas las escenas aparece con pantalones ajustados, bikinis o minifaldas que dejan ver unas piernas largas y delgadas que, debo decirlo, no me atraían. Prefiero las piernas grandes, digamos gruesas, que no se trabajan en los gimnasios, sino que se forjan en la vida. Por ejemplo, me fascinaron las piernas de la mujer que estaba sentada diagonal a mí. A ojo se veía que tenían la capacidad de llevar cualquier peso sin que se arquearan o flaquearan. Sin embargo, y aunque suene ridículo, lo mejor de esa mujer no eran las piernas sino las botas de caña larga que terminaban en tacones puntudos de no menos de trece centímetros de largo. Llevaba un vestido rojo como el que usó Elizabeth en algunas escenas de *Al diablo con el diablo* y el cabello negro. Al verla imaginé que sus ojos también eran negros, profundos y tentadores, como los ojos de todas las mujeres de piernas gruesas.

A mitad de la película, acaso agobiada por la espera, se levantó y caminó hacia al baño. Sus ojos —que, en efecto, eran negros— se cruzaron con los míos. Minutos después escuché sus pasos retumbando a mi espalda hasta que se detuvieron a mi lado. Me miró a los ojos al tiempo que decía:

—¿Está ocupada? —Señaló mi maleta, que estaba sobre la silla.

Se sentó a mi izquierda y lanzó una sonrisa incierta, como de aguas pantanosas. Miré hacia la pantalla, pero mi cerebro no veía la película: sólo registraba imágenes en las que Brendan Fraser era narcotraficante y luego poeta.

Algunas veces no resistía la tentación de examinar sus botas. Apoyaba el peso en los tacones y las puntas de los pies se movían al ritmo de la música que siseaba en sus audífonos. Concluí, una vez más, que su sensualidad no estaba en las piernas sino en las botas que se movían con la sensualidad de quien tiene urgencia sexual.

Minutos después se quitó los audífonos y me apretó la muñeca con el índice y el pulgar.

—Estoy que me caigo del cansancio. Vamos por un café.

Quise decir algo, cualquier cosa, pero no pude hacerlo. Se fue por el pasillo con pasos largos. La seguía a pocos metros, arrastrando la maleta. Algunas veces observaba sus nalgas, que eran igual de abundantes que sus piernas y que su cintura, pero que conservaban la simetría espalda-cintura-cadera. Era como una modelo de ropa interior, pero vista al ciento veinte por ciento.

En el local hablaba con energía, como si la vida no le cupiera en el cuerpo. Movía las manos de un lado a otro, lanzaba carcajadas que hacían girar las cabezas de los vecinos de mesa o se inclinaba para susurrar, dejando ver unos senos igual de generosos que el resto de su cuerpo.

Poco a poco me entró la sospecha. Siento desconfianza de las mujeres que llegan sin avisar, como mi ex esposa, que se fue como un huracán que arrastró todo lo que encontró en su camino. Meses después de su partida, me llamó para decir que el matrimonio se había ido a la mierda por mi culpa.

—Eres de los hombres que tienen problemas abstractos. Y eso no lo aguanta ninguna mujer. ¡Ninguna!

Mis problemas tienen que ver con mi filosofía de vida, que es peor que si fuera drogadicto o mujeriego.

La mujer, al final del café, dejó de hablar como si se hubiera acordado de algo importante. Se inclinó, me tomó la mano y dijo con una voz delgadita, como de asmático:

—¿Por qué no nos vamos de acá? No habrá vuelos hasta la tarde. Quizás hasta la noche. Mejor nos arrunchamos en un motel, comemos algo y después regresamos.

Ese era el momento de sentar mi posición, de decirle que desconfiaba de ella, que me daba miedo.

Pero no lo hice.

Se fue caminando con una autoridad que no he visto en otra mujer. Tomé mi maleta y me fui detrás de ella como un perro faldero.

En la puerta del aeropuerto le dije:

—Al menos dígame cómo se llama.

—Margarita. ¿Y usted?

—Faustino.

Salió del aeropuerto, miró a los ojos a un taxista que se acercó inmediatamente.

—Al Flamingo —ordenó Margarita como si el taxista fuera su conductor personal. El hombre arrancó presuroso, como si, en efecto, fuera su empleado.

Cruzamos sin problema la avenida El Dorado, a pesar de que era un río de aguas oscuras. En los andenes había carros que parecían caimanes con las fauces abiertas.

Quince minutos después estábamos en la puerta del motel. Margarita pagó con la tarjeta de crédito. Ni siquiera me dio la oportunidad de hacer el amague de que sacaría la billetera. Caminamos por corredores oscuros hasta dar con un cuarto enorme. Me lancé a la cama. Sonreí. El espejo del techo me devolvió una sonrisa temerosa. Margarita se quitó el vestido, quedando únicamente con las botas. Caminó hacia la cama con pasos largos, como de leona en las llanuras del Serengueti. Subió a la cama de un brinco. Me contempló como si fuera su almuerzo. Dio tres pasos que hicieron oscilar el colchón. Intenté levantarme, pero me puso el pie en el pecho.

—Siempre iré arriba. ¿Entendido? —dijo mientras me hundía el tacón en la boca del estómago.

Lo que siguió fue confuso y salvaje. No me dejaba descansar más allá de lo necesario para evitar un infarto. No sé qué tenían sus manos que sólo necesitaba pasarlas por cualquier parte de mi cuerpo para que tuviera una erección vigorosa. Cabalgaba, gritaba, la penetraba en cuatro sin que mi cuerpo sintiera cansancio hasta que mi cerebro me lanzó a las corrientes de un sueño intranquilo.

Las botas fueron lo primero que vi cuando abrí los ojos. Una estaba equilibrándose en el tacón y la otra estaba recostada contra la pared, con la caña doblada por la mitad. Margarita cantaba con una voz que se enroscaba con el ruido del agua.

El agua dejó de sonar y Margarita de cantar. Sonó el pestillo del baño y salió con la toalla enroscada en el cabello como si fuera un turbante. La contemplé a mis anchas: ojos negros, nariz ancha, labios carnosos, cuello largo, tetas enormes, pezones oscuros, cintura gruesa, caderas anchas, pubis depilado, piernas voluptuosas, rodillas de futbolista y canillas que se iban oscureciendo a medida que bajaban hasta llegar a dos cascos de cabra.

—¡Que dijo: me gané la lotería! —dijo Margarita con una sonrisa que parecía burlarse de mis ojos desorbitados.

Siempre pensé que saldría gritando, tumbando las cosas en mi carrera, si me sucediera algo así. Pero no lo hice. Me quedé quieto, como si estuviera encerrado en un cuerpo moribundo. Sólo sentía la lengua desbordando mi boca.

—Sabe que nada es gratis conmigo. Su alma me pertenece a partir de este momento.

Callé un instante y luego pregunté con voz gangosa:

—¿Por toda la eternidad?

—Sí señor: por la eternidad.

Sonreí con la sonrisa de quien descubre grietas en las leyes del universo.

—¿Puedo pedir algo más?... es que... ya sabe: mi alma le pertenecerá por la eternidad y lo que me dio es... ¿cómo decirlo?... estuvo bien... ¡maravilloso!... pero...

Guardó silencio, como si calculara mis pensamientos.

—¿Qué quiere?

—Quiero echarme otro polvo.

—¿Sexo?... ¿Sólo quiere sexo?...

—Sí.

—¿No le importa perder el vuelo por echarse un polvo?

—No... es decir, sí. Pero usted tiene el poder suficiente para detener el tiempo o para llevarme al otro lado del mundo. ¿O me equivoco?

Sonrió. Caminó lentamente, haciendo sonar los cascos contra las baldosas. Saltó a la cama, dio tres pasos y se acabayó. Instantáneamente tuve una erección vigorosa. El corazón quería salirse por mi boca. Y no era para menos: me preparaba para fornicar con el demonio como si el mundo se cayera a pedazos.

Juan Carlos Esquivel

México

Nació en Ciudad Juárez, Chihuahua, al norte de México, en 1971. Publicó en 1988 *Jacaranda*, una novela por entregas en la sección "La Obra", del periódico *El Fronterizo*. Su trabajo literario se ha publicado en dos antologías: *Norpaisaje, Antología del taller literario del INBA en Ciudad Juárez*, y en *Dosis Letradas*, antología para celebrar los 35 años de la Universidad Autónoma de Ciudad Juárez (UACJ). Fue seleccionado para participar en el Segundo Virtuality Literario "Caza de Letras", organizado por la UNAM y Editorial Alfaguara. Ha publicado también en las revistas *Blanco Móvil, Semanario, Paso del Río Grande del Norte* y *Arenas Blancas*, de la NMSU. Finalista en 2007 del Primer Concurso de Relato Corto "Rodeo de Palabras", organizado por *Periódico Expresso* de Hermosillo, Sonora; finalista en 2014 del Segundo Concurso Internacional de Relatos Pecaminosos Contacto Latino, y en 2015 del Tercer Concurso Internacional de Relatos Pecaminosos Contacto Latino, ambos de Pukiyari Editores, Estados Unidos.

Antes del amanecer

Acabo de soñar.

Vacío es el camino que recorre mi mano cuando giro sobre mi espalda. Vacío es lo que tocan mis yemas al otro lado de la cama, donde su ausencia hace presencia. El vacío es frío, crece, se alimenta de sí mismo como si no hubiera interior que lo limite, infinito dentro de lo finito. No me pregunto la hora, tampoco si todavía puedo dormir un poco más. El sueño sería un alivio contra esa vigilia que me ahoga, pero desisto de dormir. Además, ya no puedo.

Su partida aún vuelca mi corazón, contiene mi aliento, devasta mi ánimo. La realidad me recuerda que ya no está conmigo, que me cambió por una mujer más joven. Desde entonces han desfilado los hombres por mi lecho, pero en ninguno lo he vuelto a encontrar. Recuerdo las palabras de una amiga: «Quiérete más, no dependas de nadie, recuerda que sólo te tienes a ti misma».

El problema es que, muchas veces, yo misma no soy suficiente.

El dolor de la realidad me impulsa a sentarme en el borde de la cama. El peso de mis tribulaciones amenaza con aplastarme. Durante algunos instantes me pregunto qué pasa, cuál es la razón de seguir sola. Entonces me levanto y camino hacia el espejo de cuerpo entero; la potente luz de luna llena atraviesa la cortina e ilumina mi costado. Me detengo de súbito ante mi reflejo, intimidada, como si fuera alguien más y no yo quien va a verme. No estoy preparada para observarme desnuda sin que este sea el acto mecánico de bañarme, vestirme, o dormir con alguien. Tengo miedo de lo que pueda encontrar.

La tensión en el pecho aumenta cuando cruzo los brazos para tomar mi blusa por el borde de la cintura. Cuento hasta tres, mientras contengo el aliento. Entonces mis manos tiran de ella hacia arriba.

Sin acomodar mi cabello, ni aplicar cosméticos a mi cara, me contemplo. Quiero verme como soy, sin artilugios, sin máscaras que engañen a los demás, o a mí misma. Mis pechos, ni muy grandes ni muy chicos, aún conservan su lozanía, el aspecto de fruta que no ha dado jugo. La punta de la cicatriz de cesárea apenas asoma por la cintura del pijama.

Me despojo de la prenda con los pulgares. Su caída descubre una boa en mi tobillo, que trepa rodeando mi muslo hasta la cintura. El espejo muestra sus colores, tan vivos como el día que los tatuaron. La cicatriz de la cesárea llega hasta mi vello.

Es curioso verme quieta en el espejo, mientras por dentro soy un mar de ansiedad. Poco a poco recupero la calma, y ya desinhibida ante mí, me observo: no estoy nada mal. Al contrario: aún estoy muy buena. No debería estar ni sentirme tan sola. Todavía puedo competir contra mujeres más jóvenes. Cada una tiene su belleza y yo tengo la mía.

La edad sólo es un prejuicio.

Adelanto la pierna derecha, un poco flexionada. Las escamas de mi boa dan la ilusión de movimiento en ese espejo de imagen nítida. No está empañado, ni sucio. Tampoco emite destellos. Tan limpia es su imagen, mi imagen, que más que espejo parece ventana. Una ventana hacia mí misma.

La pose altiva, la pierna adelantada, los hombros hacia atrás y el pecho erguido, son una invitación a conocerme, a aprovechar una de esas pocas ocasiones en que realmente estoy ante mí. Reconozco el fuego en mis ojos, apenas una llama sobreviviente. Me toco en el espejo, pero no es la fría superficie de vidrio lo que palpa el tacto de mi mano. Es otra piel, o mejor dicho, una copia de la mía, una copia de mí. ¡Dios! Puedo sentir mis huellas digitales.

Sorprendida, levanto la vista para verme. Ahí estoy, sonriente. Dejo entonces la extrañeza y sonrío también; mientras entrelazo mis dedos con los míos. Es aquí cuando rechazo en silencio la invitación a entrar al espejo: me invito ahora a salir de él, a estar aquí, en mi habitación.

Conmigo.

Sin soltarme, me ayudo a dar un paso afuera y me coloco frente a mí. La chispa de amable lujuria en mis ojos contagia a los míos. Bajo la vista para recorrer y admirar mi cuerpo: las puntas de mis pies, los empeines, la serpiente de escamas brillantes que sube por mi pierna, del mismo modo que lo hace por la mía; así como las rodillas con algunas cicatrices, remanentes de una infancia traviesa. Observo mis caderas, mi vientre, mi triángulo; el vello recortado, desde donde nace mi cicatriz para desembocar abajo del ombligo.

Veo mi abdomen. Sin ser plano, tampoco es abultado. Natural. Contemplo mis curvas. Escudriño mis pechos que, como dije antes, no son muy grandes ni muy chicos. Iguales a los míos. Los pezones erectos, la piel de gallina. Dejo de entrecruzar mis dedos y me tomo por la muñeca para dirigir mi mano hacia uno de mis senos, mientras con la otra me tomo por un hombro y me acerco hacia mí. Más que escuchar, puedo sentir mi respiración agitada, el temblor de mis manos al tocarme, cual inexperta adolescente, así como el ritmo acelerado de mi corazón. Rodeo mi cintura, me acerco más, y más, poco a poco, hasta que mis tetas chocan, se aprietan y casi se funden con las mías. La mano que tomaba mi mano mientras acariciaba mi pezón se retira para acariciar mi cabello, tomarme por la nuca y acercarme a mis labios, que terminan por rozar con los míos.

Siento en mi aliento un gusto avinagrado que desaparece a medida que me beso. Introduzco mi lengua en mi boca, y yo en la mía. Ambas se enredan, se reconocen en una danza lasciva, como también lo hacen las boas de mis piernas. Con una mano acaricio mi espalda en círculos, mientras con la otra dejo mi pecho y toco mi trasero, acercándolo a mi vientre para frotarme de un lado a otro y tejer una red con mis vellos. Quiero sentirme, entrar dentro de mí, ser una sola, o bien, una doble conmigo misma.

Sin dejar de abrazarme, me dejo guiar hacia la cama. Me recuesto conmigo, mientras mis labios encienden mi boca, estremecen mi cuello y humedecen mis pechos. Con la lengua dibujo un camino de saliva de mis tetas al vientre y redibujo mi cicatriz, la que, por primera vez, no me avergüenza.

Llego entonces ante mí, ante aquello que me define como dadora de vida y placer. Al sentir que me detengo, volteo a verme: unos ojos más encendidos que antes me observan desde mi vientre. Sin pregunta de por medio, asiento jadeante y ansiosa a la propuesta no hecha. Levanto las piernas para permitirme pasar los brazos por debajo de ellas y tocarme a cuatro manos: las mías y las mías; mientras soplo despacio en mi sexo. Mi aliento choca con mi humedad, y un latigazo de placer me estremece. Suelto uno de mis pechos, y dirijo el tacto a mi vulva húmeda.

Separo mis labios con cierta dificultad. Estoy bien mojada. Acaricio mi sexo con la palma de mi mano. A cada instante mi jadeo crece, mi cuerpo se contrae y expande. Mis espasmos son, a la vez que gozo, una súplica.

¿Qué espero que no avanzo?

Al fin, paso mi lengua por mi clítoris. El estremecimiento es más fuerte. Un movimiento involuntario cierra mis muslos alrededor de mi cabeza, pero sigo. Los movimientos de la lengua suceden con mayor frecuencia, mientras crece mi botón, mi detonante de placer. La sensación levanta mi cuerpo, mi cadera. Por un momento dejo mi clítoris y chupo mis labios, beso mi entrepierna, paso mi lengua entre muslos y vientre, causando pequeños calambres que me provocan un dolor placentero, un pequeño dolor que me desespera y que, a la vez, pido que no cese.

Considero que es mi turno, y me recuesto sobre los codos. Entiendo perfectamente mi gesto: es una invitación a sentarme sobre mi cara. Dejo mi sexo y repto sobre mí, me levanto para avanzar sobre mis rodillas, hasta poner mi vulva frente a mi cara. Estiro la piel de mi vientre, y comienzo a trabajar en mi intimidad.

Puedo ver cómo me retuerzo de placer. Arqueo el cuerpo hacia la espalda, a veces hacia el frente, como si desfalleciera. Cuando me veo tocar mis tetas, adelanto mis manos sobre las mías para sumar mi fuerza a la fuerza con que me acaricio. Luego regreso mis manos a mi vientre y vuelvo a abrir mis labios; mi clítoris queda a mi completa merced. Lamo, chupo, muerdo, hasta que los espasmos se vuelven más fuertes y, a una repentina contención, a una tensa quietud, sigue una explosión, un desahogo violento de líquido que llueve sobre mi cara, mientras gimo con desesperación y a la vez, con alivio.

Noto que me quiero recostar a mi lado, pero antes de cualquier cosa, lo impido. Me hago entender que quiero que me quede aquí, encima de mi cara. Ahora, con el pulgar, vuelvo a frotarme con frenesí, hasta que mi mano duele y mi cuerpo encima de mí vuelve a explotar. Hasta entonces, después de provocarme el segundo orgasmo, me permito retirarme; pero disto mucho de sólo acostarme a mi lado. Sé que no es justo dejarme así y, exhausta, entrelazo mis piernas con las mías, hasta que mi vulva roza la mía, hasta que mi humedad se mezcla con la mía, facilitando el movimiento, suavizando el roce.

Mi sexo y el mío se acarician con desenfreno durante varios, muchos minutos; no sé cuántos. Ambas, yo y yo, gemimos de placer, desesperación, abandono y entrega mutua. Siento una corriente eléctrica que tensa todo mi cuerpo y acabo por explotar, al mismo tiempo que exploto por tercera vez; mientras un violento géiser surge de mi uretra para chocar contra el torrente que sale del mío.

He terminado al mismo tiempo que yo.

Exhausta, me abandono entonces al descanso, mientras me recuesto junto a mí. Vuelvo a besarme, antes de dormirme entre caricias tiernas y miradas de agradecimiento.

Despierto. Miro mi cuerpo: la respiración honda y tranquila; mi desnudez plena y satisfecha; el sueño merecido. Tras contemplarme algunos minutos, decido levantarme, con cuidado, para no despertarme. Rodeo la cama, me acerco a mí y me hablo al oído:

—Te amo. Te amo primero que a nadie y aunque no quieras, pues sólo te tienes a ti misma… Y que no se te olvide.

Deposito un ósculo en mis labios como despedida y camino hacia el espejo, lista para volver de donde salí. Entra primero una pierna, luego el cuerpo. Me detengo para echarme una última mirada. Al hacerlo, muestro la pierna con la serpiente, antes de entrar por completo.

En la duermevela, extiendo mi mano hacia mi derecha. Mis yemas tocan el vacío sobre la sábana todavía húmeda. Me siento para buscar en derredor… nada. Dejo la cama y camino hacia el espejo, ante el cual sonrío tras descubrirme en él. Adelanto una mano para tocarme, pero lo único que encuentra mi tacto es la fría superficie de vidrio. Comprendo entonces que, simplemente, ya no estoy aquí. Me he ido. El amanecer me ha llevado. Comienzo a echarme de menos, pero hoy, por primera vez, no me molesta la soledad.

He despertado.

Empiezo a soñar.

Manuel Alexander Roblejo Proenza

Cuba

Nació en Bayamo, Cuba el 20 de marzo de 1982. Escribe desde niño. Estudia y se gradúa de Ingeniería en Telecomunicaciones en la Universidad de Oriente, Santiago de Cuba, y se dedica íntegramente al trabajo investigativo y científico, aunque nunca abandona la escritura por completo. En los últimos años ha retomado su verdadera vocación, y ha escrito un centenar de cuentos y poemas, que le han encarrilado nuevamente por los rumbos de la literatura, con gran influencia costumbrista y abordando sobre todo el tema rural en el contexto cubano.

Mención Especial del Jurado en el Certamen de Poesía "Letras como Espada", de Letras como Espada, Toledo, España. Octubre de 2015. Mención Especial del Jurado en el Certamen de Microrrelatos "Noviembre", de Letras como Espada, Toledo, España. Noviembre de 2015. Mención Especial del Jurado en el Certamen de Poesía "Noviembre", de Letras como Espada, Toledo, España. Noviembre de 2015. Finalista II Certamen de Poesía "Valores Humanos", de Letras como Espada, Toledo, España. Enero 2016. Ganador del 1er concurso de Cuentos Cortos para Niños, de Cats Home BCN, Barcelona, España. Febrero 2016. (*Octubre, el gatito*). Primera Mención Honrosa en el XIII Concurso Literario "Gonzalo Rojas Pizarro", en la modalidad de cuento, Lebu, Chile. Febrero 2016. (*Rojo en el exilio*). Primera Mención Concurso de Literatura Erótica "Arte Erótico", en la modalidad de Cuento, Casa de Cultura Municipal "Cecilio Gómez Lambert" y su Departamento de Literatura, Baracoa, Cuba. Marzo 2016. (*La chica que baila encima de la mesa*). Mención Especial del Jurado en el II Certamen de Poesía "Poetas de Habla Hispana", de Letras como Espada, Toledo, España. Marzo 2016. Finalista Premio Internacional de Poesía "Hispaletras 2016". Panamá. Abril 2016. Finalista Concurso de Relato de Tema Libre "Palabras en Flor". España. Mayo 2016. Mención Especial del Jurado en el II Certamen de Poesía "Tiempo Nuevo", de Letras como Espada, Toledo, España. Julio 2016. Primer Premio VIII Concurso Literario "Relatos Asombrosos". Argentina. Julio 2016. (*La cruz de la baría*).

Ella

"De nuevo... esa voz..."

Y entre los sudores agrios, que lo atrapaban a su colchón desvencijado y desnudo, y aquellos murmullos encaracolados, modulaciones raras, como suspiros de muertos recientes, Juan José de la Caridad se desesperaba en su cama, afiebrado y miedoso.

Contando ésta, ya eran diecisiete noches seguidas... y parecía que la cosa era para largo.

Hacía más de dos semanas que no tenía ni para comprar en donde poner sus esperanzas de vidrio. Y era lógico; llevaba todo ese tiempo en tierra, sin tocar una tabla del "Josefina", que esperaba impaciente y costrosa a que le llenaran la barriga, aunque fuera con torpes machuelos.

Y entonces el mar. El mar que casi siempre era su primer y último consuelo de medio muerto. A veces el primero, pero muy pocas veces, porque las visiones desde aquel malecón habanero, resquebrajado y ajeno, eran como escasos cigarrillos en altamar: luego le hacían falta, y ya no los tenía.

Y en aquellas lloronas ocasiones casi nunca iba a quejarse: iba a agradecerle; aunque de seguro terminaría pidiendo, como siempre.

Encumbrado ahí, ordenando el sube y baja que define las hambres de la gente, desde el Habanex salvaje, empujaba sin piedad el hosco muro que le ataja, indolente; era todo un detalle de su parte que los siglos le hubieran aplacado la rabia de aquellos primeros días de ilustraciones y espejitos.

"Para ya de decirme; detente ya... y perdona que la emprenda contigo, padre, pero también soy el hijo bastardo de los que aprueban leyes para once, con sólo un millón en la plaza".

"Dímelo ahora. Sabes lo que es, y sabes lo que quiero. Ahí adentro, junto a herrumbrosos y coralinos doblones españoles de plata sin dueño, que casi se pueden tocar con la vista, también yacen las tablas y los huesos de la gente que sí sabía. Pero ahora sólo quedo yo, que no sé mucho de marinería. Y que espero. Yo que espero, y lo que es peor: espero por ti".

"Mírame y no me sufras de nuevo, que desde todos los lugares me han llegado lágrimas saladas y confundidas con tu agua en subasta; pero esas no las quiero, y así son las tuyas".

"Yo quiero un nombre, que me des. Habla y dame un nombre y un perdón, y una ola para mañana en la mañana".

Y así Juan José de la Caridad iba como viviendo, sin ganar, sin comer y sin beber; sólo como viviendo y ya. Pero siempre llegaban las noches.

Entonces Juan José se iba, cuando todos los demás venían de tirar al abismo sus esperanzas en botellas de plomo y coral, y se hundía hasta la cintura en su amada. Sí, era su mujer. Su padre y su madre y su mujer.

De pronto los deseos de hacerle el amor le llegaban como efluvios vehementes, que siempre, siempre, esperaban por él. Y le hacían tocarse y rozarse y masturbarse con fuerza y rápido; y terminaba exhausto y con una desazón que nunca cesaba; siempre era lo mismo con lo mismo: por eso era, sobre todo, su mujer.

En la distancia, la luz del faro del Morro venía a culparlo impaciente; al indecente de Juan José de la Caridad. Ni porque llevaba el nombre de la Virgen criolla, coño. Y sentía vergüenza de ir a consolarse y a jugar con sus soledades en las arenillas donde nunca dormía el almuerzo de sus hijos lejanos.

¡Ay, pobre, pobre Juan! Si era que había nacido para ser de él, y él para convertirse en su ella eterna, en su hembra.

"Y qué importa ya que nadie entienda. Ella me entiende. Y siempre está; sobre todo en estas noches entibiadas por la luna chismosa. Siempre está".

Mañana la panza del "Josefina" se iba a llenar, eso de seguro. Era una promesa. Era más; era un contrato firmado en sangre con sus hijos, muertos y enterrados allí mismo. Pero será mañana; mañana es que tendría la fuerza para tirar del chapingorro. Y para coser el fondo de sus bolsillos. Y para vivir en el día también.

El empedrado que va hacia la playa lo ve regresar, de nuevo, sin red y sin cubeta, como hace más de dos semanas. El empedrado que curvea, no se sabe bien el porqué, pues no hay nada más llano por toda esa zona que esa empinada lomita de caracoles y arena roja. El empedrado que lo ha visto partir, cientos de veces, huyendo apresurado, con el corazón galopando, como quien no va a volver jamás; pero siempre vuelve.

Y ella lo espera entonces.

Allí, con las piernas abiertas, siempre lista para él. Su casa ya no es más la choza de cartón junto a la marina: su casa es un portento que nadie tiene. Su casa es ella, húmeda y puta. Su puta.

Estéfano Luján Romero

Estados Unidos/Perú

Lexicógrafo, y escritor. Compiló cuatro diccionarios en cuatro idiomas: inglés, italiano, francés y español. Estos diccionarios pueden adquirirse por Internet y se caracterizan por su revolución lexicográfica, basada en la definición por lógica, antes que por tradición. También ha escrito ensayos y ahora está escribiendo uno sobre el "origen de las otras especies" un tratado sobre metamorfosis humana.

Algunos de sus premios incluyen: primer puesto Concurso de Cuento Perú 2015, organizado por la revista *El Parnaso del Nuevo Mundo*. Narración *El Sintetizador de Frases Bellas*. Finalista en I Premio de Relato Antonio Di-Benedetto de BRUMA Ediciones. Finalista en I Concurso Internacional de Relatos "La Abadía del Perfume", 2013, España. Finalista, I Certamen de Microrrelatos "Primavera", 2015, España con el relato *Lo que la lluvia borró*. Finalista I Certamen Mundial Excelencia Literaria M.P. Literary Edition en la categoría de ensayo, 2015. Finalista I Certamen Mundial Excelencia Literaria M.P. Literary Edition en la categoría de narración, 2015. Perspectivas entre un profesor de pinturas y una de sus alumnas Finalista I Certamen Mundial Excelencia Literaria M.P. Literary Edition en la categoría de aforismo, 2015. Finalista Concurso Aforismos Ediciones de Letras España 2015. Finalista I Concurso de Microrrelatos de Terror en honor de Gustavo Adolfo Bécquer, España, 2015, con la obra *Lágrimas*. Finalista en II Concurso Internacional de Micro/Cuentos de Ediciones de Letras, España, 2015. Seleccionado para el libro *El filo de la pluma*, marzo 2016, por la Editorial La Pajarita Roja. Finalista Afrodita y Eros de Letras con Arte, abril 2016. Finalista en Concurso Literario Sentimientos, organizado por Letras con Arte, España, mayo, 2016. Finalista en III Concurso Internacional de Micro-Cuentos, España, mayo de 2016, concertado por Ediciones con Talento. Finalista I Concurso Internacional de Aforismos Encarnación Sánchez Arena, España, junio, 2016. Finalista en Concurso Literario Espero, organizado por Letras con Arte, España, junio, 2016. Finalista III concurso de aforismos, agosto 2016, España, organizado por Talento Comunicación.

La iniciación

La madre acompañó a su hija hasta la entrada del cuarto, donde la indujo, con una sonrisa y una palmadita sobre la espalda, a que siguiese adentro. Esta correspondió a aquella con un movimiento de labios semejante al suyo, antes de cerrar la puerta, sobre la cual pendía un letrero en el que se leía: *"Anisa, todos te deseamos un feliz orgasmo"*.

Si el ruido de la cerradura, al girarse, hubiese sido una señal, esta sería para que todos los invitados mantuviesen el silencio hasta que el sonido metálico se repitiese, con la acción contraria; esto es, reaparecer la muchacha al abrir la puerta.

En efecto, todos, entre vecinos y amigos, cesaron sus murmullos, o, en su defecto, aquietaron manos y piernas, después de haberse sentado en las sillas dispuestas alrededor de la sala, con ocasión de la espera. Sin embargo, las palabras continuaban concurriendo a manera de pensamiento en cada uno de ellos; mientras estos trataban de suplir con la imaginación lo que no podían con la vista.

Hubo quienes imaginaron a Anisa sacándose la ropa con prontitud, como quien está por arrojarse a una piscina; otros la imaginaron irresoluta en la ejecución de su desnudez; y una minoría la imaginó con una omisión de esto y de aquello; los unos presumiendo, y, aun, otros sabiendo por experiencia, que la hazaña era posible con solo ella meter una de las manos entre su blusa, y la otra, entre sus pantalones, para explorar manualmente las áreas que estuviesen inexploradas, o aquellas que, habiendo ya sido exploradas, no hubiesen producido todavía el gozo supremo.

Si alguien estaba para aclarar ese misterio, ese alguien sería Anisa; pero no de cualquier manera, sino mediante las palabras, pudiendo ser estas orales o escritas, en una narración concerniente a lo que había hecho consigo misma dentro del cuarto alquilado. Y si, por el contrario, el misterio estaba para no ser revelado jamás, porque ella así quisiese dejarlo, nadie la coaccionaría a decir una sola palabra al respecto. En este último caso, la posibilidad de saber al menos si Anisa consiguió su orgasmo dependería de que esta, en su reaparición, mostrase una sonrisa o no.

Incluso, antes de su salida, cualquier interjección procedente de ella, pero audible en el espacio de la sala, podía ser interpretada como síntoma de éxito de su iniciación erótica. Por ello, los oídos, veinte en número, estaban potenciados al máximo, más que los demás sentidos, aunque esta expectativa fuese más un capricho romántico de los asistentes, que una necesidad derivada de antecedentes: nadie, que se supiera, había gritado, o, por lo menos, gemido durante el misterioso trámite, en celebraciones previas en las que él hubiese sido el iniciado, o ella, la iniciada.

Al fin la muchacha reapareció con un semblante novedoso, entre tímida y emocionada. La espera colectiva había sido breve, tanto como hubiese sido la ingestión de una deliciosa cena. La madre fue la primera en levantarse de su asiento y correr hacia ella, para expresar el usual: «Felicitaciones, hija. Ya eres orgásmica».

Rocío Uchofen

Perú/Estados Unidos

Rocío Uchofen (Lima, 1972)

Narradora y poeta peruana. Estudió lingüística y literatura en la Pontificia Universidad Católica del Perú. Dictó talleres de creación literaria para la Asociación Cultural Libro Abierto. En 1991 participó en el Segundo Encuentro de Narradores Jóvenes. Finalista del Premio Copé de Poesía 2013. Sus cuentos y poemas han sido publicados en antologías y revistas de América y Europa. Se ha dedicado a la docencia en el área de lenguaje, literatura y razonamiento verbal. Actualmente radica en Nueva York, desde donde dirige el sitio *Híbrido Literario*. Ha publicado el poemario *Liturgias clandestinas* (El Taller del Poeta Fernando Luis Pérez Poza, 2004), el libro de relatos *Odalia y otros sin esquina* (The Latino Press, 2004) y el poemario *El Oscuro Laberinto de los Sueños* (Tranvías Editores, 2011).

Las flores y los dedos

Todo empezó porque vi nuevamente a la muchacha. Estaba hermosa, como esas flores frágiles que nacen en los jardines. La vi porque acompañé a Duco, quien ahora es el nuevo jefe; y por esas casualidades, la chica estaba a dos casas más allá de uno de nuestros deudores. Cuando detuvimos el auto y bajamos, ella y sus amigas estaban entretenidas con sus celulares. Nosotros no solemos hacer mucho ruido, usualmente los deudores abren la puerta, saben que no se pueden esconder. Duco, al igual que su padre, es amable con ellos, además tiene buenos modales, una voz suave y gentil. Yo soy el que no encaja con mi deformidad, pero por eso mismo suelo ser callado. Apreté bien los puños mientras Duco hablaba y estuve atento a ver la señal para actuar de inmediato, en una forma simple, potente pero silenciosa. Sin embargo, para mi pavor, ese día mi mente estaba otra vez centrada en la muchacha. Obviamente seguí con excelencia las indicaciones de mi jefe, pero al salir no pude evitar voltear a verla y ese fue mi craso error, porque Duco se dio cuenta y también volteó. Ella era la más hermosa en ese grupo, no había forma de que no la notara. Cuando subimos al auto me quedó mirando y explotó en una risa: «¡Así que te gusta la carne fresca!». Lo que me hizo poner rojo de cólera; y ya iba a estallar pero recordé a su padre...

Nadie me quiso cuando nací, no recuerdo realmente cómo sobreviví los primeros años, pero siempre estuve merodeando el muladar y el mercado. Todos me conocían y me llamaban el chueco, el deforme, el monstruo. Solía alimentarme de cualquier cosa que conseguía: retazos de carne, panes, fruta que tiraban porque estaba podrida. De cuando en cuando la gente del mercado me utilizaba para trabajitos: colgar alambres, mover cajones de fruta, mercancías, y otras cosas por el estilo. Mi fortaleza era superior a pesar de mi deformidad, tenía las manos enormes y gruesas, buenas para labores fuertes, pero terribles para cosas suaves o delicadas. El padre de Duco llegó cierto día al inicio de la jornada, era un hombre alto e imponente vestido de manera impecable en un traje negro. Nunca vi a alguien causar tanto impacto en el mercado. Recuerdo su bastón con punta dorada y la fuerza de su mirada, que pasó a través de mí sólo por un par de segundos para seguir de largo. Ese día llegó a buscar al administrador, quien estaba tan nervioso que botó un par de botellas tratando de esconder un libro. El padre de Duco avanzó hacia él, nadie alrededor lo miraba a los ojos, algunos hacían como que no lo veían, empezaban a circular como si no pasara nada, pero era imposible no notarlo, ni a él ni a los dos hombres corpulentos que lo acompañaban. Yo me escondí debajo de unos cajones para ver la escena. Él no hizo nada, sólo habló con esa voz tan elegante y precisa. No recuerdo lo que dijo pero sí recuerdo los ojos desorbitados del administrador y la tremenda mano de uno de los corpulentos en su garganta. Recuerdo que lo arrastraron de forma tan elegante que casi ni tocó el suelo. Se encerraron en los baños y no se escuchó ningún ruido extraño. El mercado seguía en su rutina, abriendo puestos y ordenando cosas. A los pocos minutos salieron los tres hombres y ya se estaban yendo cuando él se detuvo y me miró nuevamente, y entonces vi la punta dorada del bastón dirigida hacia mí: «Tú, ven conmigo». Y yo sin pensarlo lo seguí como los cachorros siguen a sus nuevos dueños.

Recuerdo que subimos al auto, avanzamos un tramo hasta que algo dijo del olor y mandó que me bañaran. El auto se detuvo ante cierto sitio y me hicieron bajar. Uno de los hombres me llevó por unas escaleras y allí dentro llenó una tina, me dijo que botara la ropa en un tacho. Yo seguí sus instrucciones en silencio. Recuerdo que se remangó la camisa, sus ojos en mi deformidad, pero sin asco me ordenó entrar al agua y con una esponja jabonosa me sacó hasta la última suciedad. Al poco rato entró el otro hombre con una toalla y ropa nueva, ellos mismos recortaron mis pocos cabellos y me peinaron. Cuando estuve listo, bajamos las escaleras y regresé al auto. Allí estaba él, me quedó mirando e hizo un comentario acerca del aroma del auto y seguimos nuestro camino. En el trayecto empezó a hablar, se llamaba Marduk y yo le llamé la atención. Llevaba un anillo dorado en uno de sus dedos y su piel clara transparentaba el color de sus venas. Cuando llegamos yo tenía la sensación de llegar al paraíso. Los hombres me llevaron hacia una entrada al lado de la mansión mientras Marduk se perdía por una caminata de rosales que lo llevaba a un portón de hierro. Me asignaron un cuarto vacío y me dijeron que esperara, pudieron haber sido horas, recuerdo haberme entretenido con las rayas en el piso y aspirando el olor a jabón en mis manos. Ya estaba con mucha hambre cuando llegaron a buscarme. Marduk me recibió sentado en un sillón de madera y cuero, a su lado un muchacho tan joven como yo jugaba con unos carritos y otros juguetes que nunca antes vi en mi vida. El muchacho me miró y se rio de mí, pero Marduk lo hizo callar con sólo un chasquido de dedos, luego me miró fijamente y me preguntó cómo me llamaba, como yo en vez de contestar bajé la mirada, él usó su bastón para elevar delicadamente mi quijada y que lo volviera a ver: «Si no tienes nombre, hoy vas a tener uno».

Yo jamás recibí juguetes tan bonitos como los que tenía Duco, pero Marduk me alimentaba bien y dispuso que los otros dos hombres me enseñaran lo que debía saber. Aprendí a leer a duras penas, sabía reconocer mi nombre y el nombre de los demás sin problema. También hacía mucho ejercicio, aprendí a nadar con el mismo instructor de Duco y utilizaba su gimnasio para ejercitar mis piernas y brazos. Un médico revisó mi deformidad, me vacunó y no sé qué cosas le dijo a Marduk, quien asentía con un aire de superioridad, mientras acariciaba mis pocos pelos. Mi cuarto ya tenía una cama y luego de hacer mis deberes y trabajitos diarios, solía pasar mucho tiempo en silencio, esto era el paraíso.

A Duco lo envió a estudiar a una universidad en el extranjero. Yo crecí tanto como él y solía acompañar a Marduk a muchas de sus visitas. Éramos impecables. Yo siempre me esmeraba en hacer lo mejor frente a él, nunca le fallaba. Cierto día, mientras esperábamos la llegada de uno de nuestro interés, esa muchacha pasó por la calle. Recuerdo sus cabellos largos y sus labios rosados que palidecían por la luz de neón de los anuncios en la calle. Marduk no se dio cuenta de mi distracción, en ese momento hablaba por teléfono con un socio quien le comunicaba cierta información importante. A través del espejo del auto pude ver que ella entraba en la tienda adyacente a la que íbamos a visitar. Cuando Marduk dio la señal, hicimos nuestra tarea. El hombre estaba abriendo la puerta y nosotros, por detrás, lo ayudamos a entrar. No me tomé ni cinco minutos en quebrar su cuello con mis manos y mientras tanto Marduk ya se había adueñado de lo que buscaba, salimos de la misma forma, ágiles como gatos. Él me dio el resto de la noche libre. Me la pasé en el cuarto pensando en la muchacha y masturbándome mientras imaginaba su cuerpo terso y delicado.

La busqué muchas veces, sabía que vivía por ese barrio, pero no podía dar con su paradero, hasta que regresamos cierta noche a la misma calle en la que la conocí. Usualmente no vamos al mismo lugar dos veces; como Marduk dice, no hay que dejar huella, pero alguien le dijo algo por teléfono y él ordenó al chofer ir a la dirección. Esperamos allí como casi una hora, recuerdo que la tarde se iba haciendo oscura y ya los avisos de neón se encendían y entonces llegó quien esperábamos. Íbamos en camino a la misma maniobra, cuando la risa de unas muchachas irrumpió el silencio; una de ellas era mi muchacha y si bien el corazón me dio un pálpito traté de esconder mi turbación frente a Marduk, pero esos tres segundos de distracción le dieron tiempo al hombre a voltearse. Era una trampa, él tenía un arma y si bien las muchachas pasaron por allí por mera coincidencia, todo se confundió. El hombre disparó de repente y

Marduk cayó al suelo, las chicas gritaron y corrieron; y yo por mirarlas tomé mucho tiempo para sacar mi arma. Sé que fue mi culpa y cuando maté al hombre con un certero balazo en la cabeza, sabía que esos tres segundos me perseguirían por siempre. Cargué a Marduk y lo metí al auto en el que huimos raudos.

Incluso en el escape, esa cara aterrorizada de la muchacha me perseguía con la misma fuerza con la que mi corazón me avisaba que todo se estaba derrumbando mientras cierto placer que no entendía se albergaba en mi miembro. Ni siquiera recuerdo el momento en que Marduk expiró entre mis brazos, tanta era mi turbación que sólo recuerdo su voz hablándome de Duco y yo contestando: «Sí señor, Sí señor...».

Duco llegó a tomar posesión de todo. Un grupo de adversarios tendió la trampa en la que murió su padre. Nadie se fijó en los tres segundos de mi distracción. Nadie se dio cuenta de mi turbación hasta el momento en que Duco también vio a la muchacha...

Al regresar a la mansión, Duco pidió *champagne*. A diferencia de su padre, él vivía una vida lasciva y llena de licor. Solíamos festejar los buenos trabajos con la visita de mujeres. Duco tomaba siempre la mejor y nos dejaba las otras. Yo era el último en escoger y, debido a mi deformidad, la mujer nunca estaba a gusto y muchas veces la tenía que arrastrar hacia mi cuarto, a veces se me pasaba la mano y luego tocaba desaparecer mi desastre. «¡Esta noche vamos a festejar con carne fresca, Rigoberto!». La risa de Duco me dio escalofríos, pero como estaba avergonzado por haber dejado que note lo de la muchacha, le dije que no tenía ganas y me subí al cuarto. Desde allí escuché la música y las carcajadas, pero luego hubo un silencio medio extraño que me dio curiosidad. Cuando bajé hallé a Duco medio desnudo abrazado a dos mujeres. «¡Te estábamos esperando, mi fiel Rigoberto!». Los hombres abrieron la puerta y empujaron un bulto envuelto en una sábana. Cuando se abrió, me di cuenta que era ella y la habían atado con una cuerda. «Carne fresca, Rigoberto. Esta muchacha se llama Gilda, ¿no te parece un nombre muy fuerte para una niña tan suave?». La risa de Duco me golpeaba los oídos. Mi cuerpo temblaba tanto de deseo como de cólera. Me quise ir encima de él, pero me contuve, igual iba a perder...

Duco fue el primero. Gilda gritó destempladamente y ni siquiera la música que alguien volvió a encender a todo volumen acallaba sus alaridos de dolor. Luchó, pero luego de él fueron los otros dos. Yo esperé silencioso y turbado. Las mujeres habían desaparecido, los hombres incluyendo Duco, dormían semidesnudos en los muebles. Saqué la pistola y les disparé a los tres en la cabeza sin darles tiempo a despertarse. Gilda no dormía, asustada trataba de zafarse de la soga que la tenía amarrada. Cuando me acerqué a ella pude ver el horror de enfrentarse a mi deformidad, ese horror femenino que ya vi repetido en tantas y tantas. Pero a pesar de estar cubierta en el semen y la suciedad de ellos, todavía me turbaba su belleza y recuerdo que sólo quise acariciarla, pero ella empezó a gritar nuevamente y entonces con azoramiento utilicé mi mano para hacerla callar mientras hundía mi miembro. Con la mejor de mis intenciones usé mis dedos para acariciarla, como de pequeño acariciaba las flores delicadas de los jardines; y así como siempre sucedía, las flores no aguantaban la brusquedad de mis dedos rudos y los pétalos caían dejando una flor endeble, torcida y muerta. Así quedó Gilda también, recuerdo que besé su cara llena de horror antes de volverme una sombra y desaparecer para siempre.

José Luis Marrero

Argentina

Tengo 61 años, publico desde hace tiempo en un blog personal y tengo publicado en papel una novela titulada *Un montonero entre la paz y las bestias*, editado por San Luis Libro en el año 2008.

Dedicado a varios géneros, estoy incursionando últimamente en el cuento y la novela con algunos concursos ganados en España, Colombia y Argentina.

Mariel

Luego de un amable divorcio, a mis cuarenta y tantos años, estaba en el difícil camino de vuelta a mi vida de soltero y dedicado frenéticamente a las salidas con amigos. Contrariamente al mito popular, volver al ruedo no es un camino sencillo. Después de más de veinte años de estar fuera de competencia, se pierde la práctica y se olvidan las tácticas para obtener sexo casual y sin compromisos. Tuve oportunidades de hacer pareja con mujeres ideales pero no quería nada de eso porque, básicamente, recién estaba cerrando el duelo por lo perdido y quería hacer otra vida muy diferente a la de casado por largo, largo tiempo. El objetivo más inmediato era conseguir recursos femeninos eventuales por si se me alborotaban demasiado las hormonas.

Pero los tiempos habían cambiado. Las mujeres eran más directas y cada vez más jóvenes en busca de hombres maduros. Los varones ya no teníamos que trabajar tanto para conseguir los favores femeninos porque pasamos de ser cazadores a ser presas. Al menos se había puesto en evidencia esa cuestión que, según creo, fue siempre así... aunque los varones nos creyéramos lo contrario.

Por formación, por cultura, por ética y tal vez por moral yo nunca consideré seriamente relacionarme con mujeres demasiado jóvenes... además me resultaban mortalmente aburridas.

Hasta que una noche tuve un episodio que me generó un verdadero conflicto moral. Fue a causa de una mujercita con el cuerpo más perfecto que nunca vi. La conocí en un bar que era más bien un tugurio rockero. Fui con amigos a escuchar un grupo en el que tocaban unos conocidos, muy buenos músicos, que hacían principalmente temas del Indio Solari, como tributo a su legendaria banda.

Esa noche de sábado andaba en mi moto que era bastante vistosa y atractiva para las chicas de todas las edades. Ser y vestir como motociclista parecía un estímulo irresistible para muchas mujeres que fantaseaban con tener una noche desenfrenada de sexo con tipos duros que no pedían permiso. El pertenecer a un club de motociclistas, ser un tanto rudos e irreverentes, peleadores y bastante marginales, era otro condimento especial que nos ponía entre las subculturas más repudiadas y admiradas.

Esa noche, cuando el boliche estaba en su apogeo, una chica de edad indefinida, vestida con aspecto *dark* o *punk* o vaya a saber de qué otra tribu urbana, se me pegó todo el tiempo —literalmente— bebió conmigo, pagó todos mis tragos y no se me alejó hasta que, finalizado el espectáculo, puse en marcha la moto para irme a casa. En ese momento consideré que ella buscaba protección o amparo masculino porque, en esos ambientes revoltosos, esa protección puede ser necesaria de un momento a otro.

Sin que advirtiera que había salido detrás de mí, ella revoleó una pierna y se subió al sillín del acompañante, me abrazó de la cintura y apoyó su cabeza en mi espalda. Yo me quedé esperando y como no dijo nada le pregunté qué quería.

—Vamos —me respondió.

—¿Adónde?

—A brillar mi amor, vamos a brillar.

—En serio, ¿a dónde te llevo?

—A brillar, mi amor.

Probablemente estaba muy borracha o drogada. Arranqué despacito sin saber qué hacer con ella. Pero hacía muchísimo frío y no estaba para pasear en moto sin rumbo. Enfilé para mi casa y al llegar entré la moto a mi garaje con chica y todo.

Una vez confortados por la calefacción, la observé bien. Era un monumento al físico por donde la mirara. Era erótica, exótica y bella... además, realmente no estaba borracha ni drogada.

Sin decir palabra, ella se abocó a buscar música de su agrado, bien *heavy,* y comenzó a desabrigarse. En mi casa se podía estar desnudo en pleno invierno. Así me gustaba vivir a mí.

Siempre en silencio y sin pedir permiso, ella se preparó un trago fuertísimo y se recostó en el sofá a beber. Tuve que iniciar yo una charla para salir de la incomodidad que me causaba su actitud silenciosa.

—¿Cómo te llamás?

—Mariel, ¿y vos?

—No importa... llámame Indio nomás.

—¿Vamos a copular esta noche?

—¿Qué?

—Vamos a coger, Indio.

No era, por cierto, el tipo de charla que esperaba… no para ser las primeras palabras de un encuentro tan bizarro. Motociclista al fin, decidí ser más grosero que ella.

—Ok, chica dura, empezá por darme una buena mamada.

Dejó el trago, se arrodilló ante mí, desprendió mi pantalón y lo hizo. Lo hizo de maravillas.

Cuando estuve listo, completamente erecto, nos recostamos en el amplio sillón, yo debajo.

Me montó ella a mí, mansamente dominante, allí mismo, en el sofá. Todo me lo hizo ella. Yo sólo me entretuve con sus pechos perfectos y sus caderas igualmente perfectas. Lo hizo lentamente y con un ritmo muy duro que casi rozaba la violencia, hasta que tuvo un orgasmo aparentemente muy intenso.

Ella sabía que yo no había terminado y se quedó así, empalada, esperando que su respiración se normalizara. Entonces, sin desmontarse, estiró un brazo hasta alcanzar su campera de cuero y de allí sacó y encendió un cigarrillo… también sacó una pequeña y afiladísima trincheta. Yo le sujeté la mano, instintivamente.

—¿Qué hacés?

—Mirá, mirá bien —me dijo.

Y se produjo un fino y superficial corte en el vientre del que apenas manaban unas gotitas de sangre. Pude ver que tenía muchas líneas entrecruzadas, evidencias de viejas cortadas.

Seguidamente me entregó la trincheta y me dijo que me tocaba a mí.

—Debés cortarte en el vientre, igual que yo, para que al copular se mezclen nuestras sangres…

Me quedé paralizado, con la trincheta en la mano, con el miembro recién muerto todavía dentro de ella… y mi cerebro tratando de entender.

—Se trata de una comunión de sangre, Indio. Se trata de un pacto con el diablo, de ser hermanos en Belcebú para siempre y por siempre. Yo, en verdad, me llamo Lilith, soy un súcubo. Y vos, por haberme penetrado, sos Baal, el íncubo.

Me fui escurriendo de ella hasta lograr ponerme de pie y dejar la trincheta fuera de su alcance. Traje una toalla húmeda y la desinfecté con un poco de agua oxigenada en donde se había cortado. Ella me miraba expectante, esperando mi respuesta.

—Yo no me voy a cortar, discúlpame… no me gusta la sangre, especialmente si es mía.

—No importa… hay otro modo de hacerlo.

Como en trance, se arrodilló y me comenzó a hacer otra *fellatio*, ahora con una actitud lasciva y lujuriosa que, a pesar del susto, logró ponerme totalmente erecto y, en pocos minutos, hacerme terminar en su boca. Rápidamente tomó en la mano un poco de semen y se lo frotó sobre la herida del vientre murmurando algo así como una plegaria. Alcancé a distinguir las palabras sangre y simiente, nada más. Luego, como una sonámbula, se recostó en el sofá y se durmió profundamente.

Me quedé mirándola dormir. Su rostro reflejaba una paz y serenidad admirables. En realidad parecía muerta porque su respiración era imperceptible. Me acerqué para verificar que en verdad respiraba. Afortunadamente lo hacía.

El alboroto de pájaros me avisó que amanecía en mi patio. Guardé la trincheta y, luego de ducharme, tomé una dosis de mi pastillita mágica, cerré mi habitación con llave y me dormí pensando en que su caso psiquiátrico era, sin dudas, delirio místico, probablemente en el marco de algo mucho más grave.

Al mediodía me desperté sobresaltado y preocupado por Mariel. Salí del dormitorio llamándola, pero ella ya no estaba. Se había ido dejándome un pañuelo muy perfumado, de seda negra, exquisitamente estampado con cuervos grises, sobre el sofá, justo donde reposó su complicada cabecita. De la pequeña mesa ratona se había llevado un libro de Nietzche que yo estaba releyendo en esos días.

Tiempo después me encontré con uno de los amigos que me acompañaron en aquella ocasión al boliche y le pregunté si la había visto… si por casualidad conocía a mi compañera anónima de aquella extraña noche.

Nos había visto y la conocía. Me relató que todos los chicos de su edad le temían y la evitaban porque tenía fama de violenta e incontrolable. Se llamaba Mariel Romero, era hija de un profesor de educación física, tenía 17 años y estaba loca.

Nunca la volví a ver... hasta un año después en la página de policiales del diario local. La encontraron ahorcada, colgada de un árbol en un basural cercano a su casa. Todo indicaba que había sido un suicidio y no... no había dejado ninguna carta. El forense relató a la prensa que no podía saberse con certeza pero que, por los dichos de sus padres, Mariel tenía rasgos esquizofrénicos. No... no había sido homicidio. ¿Indicios? Sólo encontraron en su mano derecha la página arrancada de un libro desconocido para ellos, en la que había resaltada una frase: *"Dios ha muerto, lo mató el hombre".*

Mariam Diéguez Sánchez

Cuba

La Habana, 1990. Narradora. Graduada de Bachiller-Técnico medio en Bibliotecología. Graduada del Curso Anual de Técnicas Narrativas del Centro Onelio Jorge Cardoso. Actualmente trabaja en la Biblioteca Histórica Cubano-Americana Francisco González del Valle, en el Colegio de San Gerónimo de La Habana Vieja. Mención en el Encuentro-Debate de Casas de Cultura Municipal 2013. Premio en el Encuentro-Debate de Casas de Cultura Municipal 2014 en cuento infantil y adulto. Gran Premio en el Encuentro-Debate de Casas de Cultura Provincial en cuento infantil. Es miembro del Taller Literario Espacio Abierto y Ariete. Ha publicado en las revistas digitales *Korad* y *Qubit*. Le encanta pasar horas leyendo y dormir con su gato.

Pluma de Élanon

Para CE, mi gato salvaje, mi amor.

Esa noche Mara volvió a escabullirse del castillo. La coloración de la luna había vuelto a cambiar entrado el verano. La brisa nocturna del bosque, sus hojas, y el olor a humedad le daban la bienvenida.

Mientras caminaba, recordó los cuentos de sus primas sobre el bandido que cruzaba los bosques montado sobre la enorme ave rapaz llamada Élanon. Sonrió, qué estúpidas eran. Si lo llamaban bandido tal vez fuese un hombre de verdad, el de sus sueños. No como aquellos príncipes, condes y señores de todas partes del reino bélfico que solían llegar a las puertas de su palacio. Tan perfectos, tan educados que apenas semejaban un hombre real. Pura hipocresía cubierta de sedas y oro. Rorak, el famoso malhechor, fue su fantasía desde que oyó hablar de él, de sus asaltos a las aldeas, de sus combates legendarios, del rapto de aquella reina que nunca apareció, del miedo que provocaba…

Muchas veces imaginó que su enorme ave se posaba en su balcón y él descendía, se colaba en sus aposentos y la violaba con una mano en la boca para que no gritara y la daga en el cuello para mantenerla inmóvil, que la azotaba en las nalgas y la obligaba a pedir más y más.

Minutos más tarde se halló en el claro de siempre, a orillas del lago. Aspiró el olor a bosque y se acostó sobre el pasto extendiendo su mano para agarrar un puñado de hierba. Se detuvo en seco, lo que tocaba… Lo examinó a la luz de la luna, era una pluma, una pluma enorme del tamaño de su brazo, *Élanon*, pensó, recordando la descripción del ave. Le contaron que era de tres metros, con la cabeza y el cuello plateado, el pico azuloso y curvado excesivamente hacia abajo, y las patas largas con garras de color verde plomo.

Él ha estado aquí, Rorak, con su enorme pájaro. Se acercó la pluma a la nariz, no olía mal. No distinguía el aroma del hombre, pero se lo imaginaba: agrio, fuerte, a acero, a sangre. Podía ver en su cabeza el cuerpo del bárbaro. Creyó que estaba sobre un lecho de plumas, dejó al descubierto sus pechos y lentamente se subió el vestido, disfrutando el roce con la tela. *Hoy voy a tentar a la suerte*, celebró, porque después de todo, a eso fue al bosque.

Comenzó con los pezones, con un breve mimo se endurecieron, los humedeció con los dedos, los apretó, se llevó uno a la boca para succionarlo mientras imágenes de un Rorak que no conocía desfilaron ante ella. Desnudo, cabello largo, oscuro y rizado, boca carnosa y manos ásperas que la acariciaban con brutalidad, pecho prominente, pene surcado de venas, no muy largo pero bastante grueso. También fantaseó con su cuchillo deslizándose entre sus piernas y apuñalándola justo ahí, en el centro húmedo, lubricando con sangre antes de dar paso a su miembro. Las caricias con la pluma descendieron, llegaron justo al sitio de su tortura. Intentó insertarla en su vagina, pero se dobló. Desesperada, usó los dedos mientras acariciaba con la pluma su clítoris hinchado. Se sintió a punto. Soltó varios gemidos y los dedos se humedecieron. Vio imágenes del cuchillo ensangrentado, del pecho masculino lleno de vellos, el sexo entrando y saliendo… Tuvo el orgasmo. Sus muslos sufrieron una sacudida, los ojos se cerraron. La boca se abrió y le resbaló la mano.

Luego, intentó recuperar el ritmo de la respiración.

Sus sentidos retornaron a la normalidad poco a poco. Pestañeó y observó la luna. Entonces desvió la vista asombrada al notar una silueta. Cerca de ella, encima de un árbol, estaba el ave observando con cautela. A los pies, apoyado en el tronco, estaba él. No era como creía. Su cara era grotesca, incluso cruzada por una mugrienta cicatriz, no tenía el pecho prominente, ni los labios deliciosos. En realidad ese hombre solo podía causar terror y asco. Tembló al darse cuenta que en algo no se había equivocado, era su mirada llena de lujuria, y el puñal que sacó de su funda, con el que se acercó lentamente hacia ella.

Ashle Ozuljevic Su

Chile

Cuentista, cuentera y poeta nacida en Santiago de Chile.

Licenciada en Lengua y Literatura, Magíster en Estudios Latinoamericanos, Instructora de yoga, bailarina de chinese nugaili.

Autora de *Vidas robadas* (2012), *Anteojos de sal* (2014), *El silencio final* (Buenos Aires, 2015) y *Tres* (2016).

Letheon

Aguardaba su turno con un miedo terrible, inventando modos de afrontar el dolor que se escondía detrás de la puerta de la consulta. Alguien la llamó por el nombre, le indicó la silla reclinable, le acomodó un babero verde, le calzó lentes de acrílico pero ninguna lectura. El médico vino pronto, la saludó, se sentó a la altura de su oreja derecha y le pidió a Titi —su asistente— que le encendiera el foco. Para distraerse, pensaba en la música que salía de la radio, tarareaba una instrumental *Chica de Ipanema* en su garganta muda, con la boca aún cerrada y los ojos abiertos. El médico dijo «permiso», e introdujo un espejito minúsculo entre sus labios. Dijo «permiso» y ella no podía dejar de pensar en ello, con la boca abierta y los ojos cerrados, sintiendo ahora la jeringa en su encía izquierda. Era una aguja que, sin dolor, nunca paraba de entrar. Luego el médico se levantó y la dejó sola esperando el efecto sedante. Al volver, la mitad de su boca y el ojo izquierdo estaban dormidos. Él se sentó una vez más junto a su oreja derecha, tarareando lo que sonaba ahora, *Aria de la suite en re* de Bach, volvió a susurrar «permiso» para que ella le permitiera ingresar un instrumento en su boca. Entonces, el taladro entre sus dientes, el rechinar sordo, la convulsión del rostro, entrecruzadas las manos contra su abdomen y el cese inmediato del procedimiento. Él le preguntó qué ocurría, ella respondió que dolía, él le pidió a Titi, su asistente, otro frasquito de anestesia, lo vio ponerlo en la cápsula de vidrio de esa inmensa jeringa y abrió la boca cuando él, «permiso», para imaginar que sentía otra vez el pinchazo, aunque no, porque el adormecimiento era total, en realidad. No había mentido. Era cierto que dolía, como cierto era que su umbral de sensibilidad, muy por debajo del normal, la mantenía siempre en ese juego hermoso de los sentidos. Más tarde saltaría otra vez, crispada. Entonces, una tercera ampolla de bupivacaína, «el último» le diría él, con perfecto tono de regaño de galán que malacostumbra a su amante con una última vez que jamás es la postrera. Entonces ella se abandonaría al *Invierno* de Vivaldi y a las manos del médico. Primero sería la boca, como es lo justo, las encías y la lengua, la mejilla y el ojo izquierdo y la frente y la oreja y la narina de ese costado. Luego el cuello y las clavículas, el espacio entre sus senos, para redondearle sin pudor el hueso izquierdo de la cadera, bambolearle en la pelvis hasta que el costado derecho cayera, también, en el juego del placer. En ese adormecimiento y en ese mareo, *si me vuelve a pedir permiso, me lanzo encima suyo, doctor*, pensaba, con gozo de fantasía erótica de muchacha consumidora de pornografía en disfraces y la espera se hacía eterna. Pero las manos, ávidas, pegadas a su paladar, no descansaban. Por instantes, ella se concentraba sólo en la respiración del médico; en esa constancia suave, en su seguridad. Oía la inhalación y la exhalación, el tarareo de un par de Mozarts y peticiones a Titi, la asistente. Sus dedos le rozaban las mejillas: mientras algunos trabajaban, otros descansaban en sus labios o se afirmaban en otros dientes. En esa confusión dactilodental, aprovechaba para lamerle los dedos enguantados. Sentía esa tibieza humana blanda que distingue la carne del metal. Volatizada, lánguida, podía sentir cómo le atornillaban un objeto extraño. Era una sensación inédita e indolora, por lo tanto, un nuevo tipo de placer. Babeada hasta el mentón, moría de ganas por pedirle, así, con aquello entre los dientes, que la besara. Él dijo «permiso» y siguió en su trajín, mientras ella imaginaba la facilidad con la que entraría esa lengua ajena para encontrarse con la de ella, el gusto de sentirle la cavidad llena de saliva, una humedad acumulada y tibia, con gusto a nada, a punto de deslizarse guarda bajo recorriéndole el cuello y siguiendo, acaso, el mismo camino del hormigueo por la anestesia, hasta bien abajo, cerca de su pelvis. Imaginaba ese beso adormecido y la sensación de la punta de su propia lengua hinchada, apoyándose despacio en la lengua de él. Algo debe haber llamado la atención del dentista porque se detuvo y alejó su cabeza de ella. La mano que se deslizaba desde el abdomen a la cadera, introduciéndose en el pantalón, tal vez. Escuchó a Titi anunciando que saldría. Tenía los ojos cerrados y disfrutaba tocarse como en un juego: sólo del lado izquierdo. El adormecimiento iba y venía como un oleaje de goce explícito o velado, pero goce siempre, era como un subir y bajar del volumen de la radio, como sentir la respiración del otro cercana y cálida o lejana y tibia. De repente la música mantuvo el volumen, la anestesia cedió y la inhalación ajena estuvo pegada a su nariz, siendo la exhalación adentro de su boca. Abrió los ojos y vio los lentes del médico frente a los suyos, los labios abiertos unidos a su boca, un ligero cosquilleo en los muslos y la anestesia haciéndola sentir cada parte hinchada y exuberante. La voluptuosidad de ese beso, de la caricia desenguantada sobre la piel de su cintura, del silencio de los ojos celestes mirándola fijo, sin embotamiento, con la bupivacaína absolutamente fuera de efecto, fue la primera de muchas.

El tratamiento era largo. Siempre tenía turno para los viernes después del resto de los pacientes, cuando Titi no trabajaba y era reemplazada por practicantes que eran tempranamente mandados a casa. Era un regocijo dentro y fuera de la consulta. El aroma de los guantes de látex confundido con otros polímeros, la asepsia general, siempre la música de la misma emisora, el foco sobre su rostro y la camilla perfectamente inclinada. Ella le miraba la barba cana, y adoraba pasar sus dedos sobre el pelo cortado al ras, reconocer la cicatriz delgada a un lado de la cabeza, a pocos centímetros de la oreja derecha, mientras dedos blancos sabor profiláctico le entraban entre los labios. Era el sabor de este viaje privado en que la anestesia era su barca. Lamía tímidamente esos dedos plásticos cuando alguien merodeaba, entonces, él la miraba fijo en un alegre regaño silencioso; una vez solos, los dedos eran los primeros en ingresar en ella pero nunca eran los únicos. Le pedía permiso y le separaba los labios. Una vez húmeda, pedía autorización otra vez y seguía adentrándose en su carne. Pedía permiso, la anestesiaba. Volvía a pedir permiso, e ingresaba algún instrumento, jugaba con los dedos —perfectos, profesionales— pedía permiso y el volumen de la radio que iba y venía, se estabilizaba de repente en su justo medio: eso anunciaba que la anestesia estaba también lista para permitirle el goce. Pero uno de esos días, el letargo no llegó. Él puso la primera dosis normalmente, pero ante la petición de ella, agregó una segunda y una tercera ampolla. La cuarta la decidió inyectar al verla en la camilla con espasmos dolorosos. Concluyeron que esa tarde de viernes sería la última. No hubo palabras, la barba de él estaba tan canosa como siempre y sus ojos celestes, encarcelados en las antiparras, aseguraban tranquilidad. Le pasó los dedos por la rasurada cabeza, y se dejó tocar sin guantes. El foco reverberaba en su piel pálida siguiendo el acompasado movimiento, como corresponde a una despedida sin anestesia. Pero por supuesto, esa no sería la última.

www.ingramcontent.com/pod-product-compliance
Lightning Source LLC
Chambersburg PA
CBHW020441180626
46812CB00003B/1339